U0141730

contents

田所醫院　各層樓平面配置圖

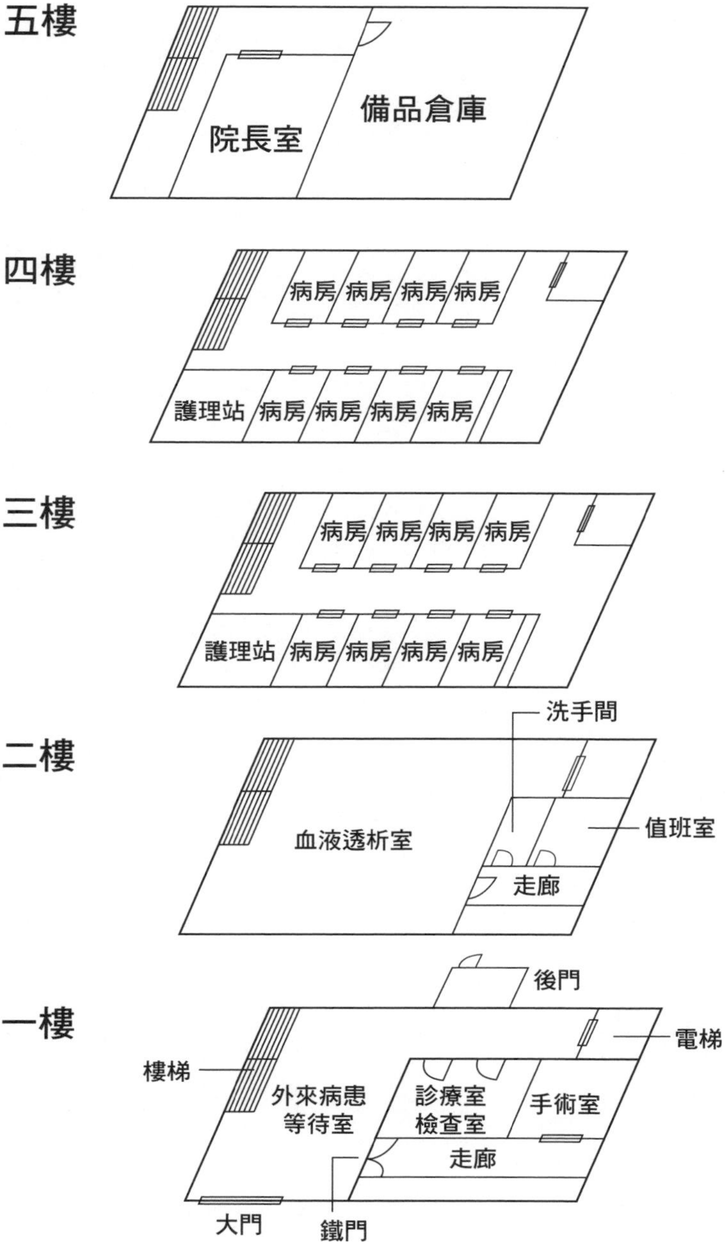

序章

秒針發出刻劃時間的聲響，在這間三坪大的房間之中顯得特別響亮。房間裡的氣氛沉重如鉛，一點一滴地腐蝕心志。

速水秀悟吐出肺臟中沉積已久的空氣，望向正前方的刑警。

「我已經說完自己知道的所有事情了，你到底還有哪裡不滿意？」

他被關在充滿陰沉氣息的房間裡，已經長達十個小時以上。他的耐心差不多到了極限，無法繼續與這群血氣方剛的刑警共處於這狹小的空間之中。

眼前的中年刑警名為金本，他單肘撐在桌上，狐疑地瞇起眼，由下往上瞪著秀悟。

「速水醫生，我不是不滿意您的回答，但是啊……」

金本抓一抓稀疏的頭頂，頭皮屑飛落在桌面。

「醫生的描述和現場的狀況有些出入，我在思考其中有什麼原因。」

「我根本不知道發生什麼事，我才想問為什麼啊！」

秀悟使勁拍打桌子，沉重的聲響迴盪在窄小的房間裡。

「醫生，請您冷靜點。您在案發時頭部遭到嚴重撞擊，會不會是因此記憶有些混亂？」

刑警開口安撫秀悟，秀悟沉默不語。他很肯定，自己絕對沒記錯。但是刑警一再質疑他的記憶，這些疑問一點一滴、確實地消磨他的信心。

那如同惡夢般的一晚，究竟從何時開始才是現實？

一陣刺痛掠過秀悟的頭部，他忍不住抱頭呻吟。

「您沒事吧？」

金本問道，語氣卻聽不出有多擔憂。

還不是你們逼出來的！秀悟憤恨地看向金本。

「總之，能否請您再一次仔細描述案發當晚的狀況？或許還會再發現什麼。」

金本摸著長滿顯眼鬍碴的下巴。秀悟咬一咬脣，微微收起下巴，點點頭。

那一晚之後明明只經過三天，秀悟卻覺得像是很久以前的事。

「……那一晚，我開車前往田所醫院，準備到那間醫院值班。」

秀悟緩緩開口，垂下眼瞼，漸漸沉入記憶的深海當中。

腦中浮現小丑醜惡的笑容。

第一章

小丑之夜

1

速水秀悟轉動鑰匙，關閉汽車引擎。接著他叼著香菸，拿起從二十歲開始使用至今的 Zippo 打火機點燃菸頭，大口吸入，讓煙霧充滿肺中，再緩緩呼出。

他知道自己必須戒菸，但外科醫師生活繁忙，他時不時就想用尼古丁稀釋沉重的壓力，怎樣也改不掉這個壞習慣。

秀悟垂眼看向手錶。現在是晚上七點四十分，接下來直到早上為止，他都必須待在醫院裡值班，時間長達十小時以上。待在醫院內自然無法抽菸，他只能趁現在補充尼古丁。

秀悟花費數分鐘抽完菸，走出車外，打了個哆嗦。十一月夜晚的冷風吹過醫院後方的停車場，無情地奪去體溫。

秀悟急忙拉起大衣衣領，他抬起頭，眺望眼前的建築物。這棟建築物共有五層樓高，外觀老舊。這裡是田所醫院，也就是他今晚負責值班的場所。

這棟醫院還是老樣子，十分詭異。秀悟吐著白霧，向前走去。

這間療養型醫院位於狛江市郊區。秀悟經由任職同一間醫院的前輩介紹，每週會到這間醫院兼職大夜班。工作內容大多只有在值班室裡待機，俗稱「睡覺班」，兼職薪水還不差，所以秀悟從去年起開始固定在田所醫院排班。不過，原本今天並不是秀悟值班。

「抱歉，我負責的病患突然病情惡化，你今天能不能代替我去田所醫院值班？」

大約一個小時前，介紹這份兼職的泌尿外科前輩，突然打電話到秀悟的院內PHS手機，這麼拜託他。秀悟明天一大早必須參與外科部部長執刀的胰頭十二指腸切除手術（註1），在手術中擔任第一助手，所以他今天其實很想在家裡好好休息。不過這位前輩和秀悟出身自同一間醫學大學，在學期間又相當照顧秀悟，他很難拒絕前輩的請求，只好開著愛車前來代班。

秀悟繞往醫院的後門，同時向上望去。醫院二樓以上的窗戶都裝設有鐵窗，鐵窗上還有顯眼的鐵鏽。聽說這間醫院以前是精神科醫院，那些鐵窗就是當時遺留的產物。秀悟每次見到這些鐵窗，都會忍不住聯想到監獄。

秀悟抵達後門，正要在門旁的電子鎖輸入密碼。就在這個瞬間，一名體格壯碩的

註1　pancreaticoduodenectomy，針對胰臟頭部（含鉤突）或壺腹周圍（periampullary）的癌症。手術需要切除膽囊、總膽管、十二指腸、胰臟的頭部、遠端的胃及淋巴結擴清術。

年輕男子忽然打開門，走了出來。秀悟曾經見過這個男人幾次，他應該是醫院的員工，正要下班回家。

「咦？呃……速水醫師？今天是您值班嗎？」

男人見到秀悟，瞪大雙眼。

「小堺醫師臨時有急事沒辦法值班，我來代班。」

秀悟聳聳肩。

「啊、是這麼回事啊……辛苦您了，值班請加油。」

「謝謝你。」

秀悟穿過男人打開的大門，打了卡，走進醫院。醫院一樓設有手術室、外來病患等待室等處，這些地方的燈光已經全部關上，只剩緊急照明標示燈散發淡淡綠光照亮室內。秀悟環視空蕩蕩的外來病患等待室一圈，隨後走向一旁的樓梯。

樓梯入口設有沉重的鐵門欄。當這裡還是精神科醫院的時候，這扇門欄應該就是用來防止患者跑出醫院，不過秀悟從沒見過這扇門欄關閉的模樣。

秀悟一步步踏上階梯。值班室在二樓，但是他必須先到三樓，告知晚班的護士自己已經抵達醫院。

他漸漸靠近三樓，日光燈潔白的光亮照射進昏暗的樓梯間。樓梯旁設有護理站，光亮就是從那裡傳來的。

「不好意思。」

秀悟探頭看向護理站內，裡頭卻不見人影。或許是去巡病房了？秀悟搔一搔太陽穴，便走進與一樓同樣昏暗的走廊深處，緩緩前進。

消毒水的味道裡混著一絲糞尿的惡臭，傳入鼻腔。秀悟皺起眉頭，摀住鼻子探看每間病房。一間病房內各擺放四張病床，大約一半的病床都沒有拉上床前的隔簾，可以直接看見床上的病患。

骨瘦如柴的病患們浮現在黑暗之中。秀悟見到這些病患的模樣，眉頭的皺紋加深不少。

田所醫院屬於療養型醫院，這裡和大學醫院這類急性照護醫院不同，入院病患的病況都保持某種程度的穩定，但他們需要不間斷的醫療照護。因此這裡的病患大多是因腦中風或衰老臥床不起，或者是因為其他原因出現同等症狀。總而言之，這間醫院裡住了相當多意識不清的病患。

而這間醫院還有一個特徵，就是大部分入院的病患都是孑然一身。基本上療養型醫院傾向對無依無靠的病患敬而遠之，田所醫院卻反其道而行，積極接收這類病患。

往樂觀的方向思考，這些病患很難找到住院地點，田所醫院的做法算是對他們伸出援手，不過秀悟早就看穿院方的企圖。

既然病患無依無靠，即使他們出了什麼意外，也不會有家屬之類的人跑來找碴。

再加上這些病患的大部分醫療費用都是由公費支出，院方施行些許的過度醫療行為也不擔心曝光。秀悟輕輕搖頭，從病患們身上移開視線，繼續往走廊前進。

他查看完八間病房，卻都找不到護士。秀悟來到走廊盡頭的電梯前方，滿臉疑惑。

……姑且先到四樓好了。這棟醫院的三樓和四樓都是病房區，構造相同，兩層樓各有一處護理站，晚間會各派駐一位護士值班。

秀悟正打算按下電梯按鈕時，他的視野餘光見到有人影從樓梯走進護理站。秀悟加快腳步通過走廊，再次探頭查看護理站。一名中年護士正從架子上取出病歷。

「晚安。」

秀悟一開口問候，護士豐滿的身軀便整個轉向他。秀悟見過這名護士幾次，緊繃的白衣胸前掛著一個名牌，上頭寫著「東野良子」。

「哎呀，這不是速水醫師嗎？今天是星期四，您怎麼會來呢？」

東野睜大浮腫的雙眼。

「小堺醫師今天實在抽不出空，所以找我來代班。麻煩妳多關照了。」

「原來如此，我才要請您多關照呢。」

「今天有沒有病患的病情惡化，需要診治？」

「沒有、沒有，這層樓和四樓的病患們病情都很穩定，您先休息一下。」

「是嗎？那我就先待在值班室裡，有任何狀況就 CALL 我。」

秀悟說完，便沿著樓梯走下二樓，穿過寬廣的房間。房間左右方放著病床與血液透析器，這些儀器在緊急照明標示燈黯淡的光芒映照之下，緩緩浮現其形狀。聽說這間醫院從早上到傍晚會進行外來病患的血液透析。

秀悟抖一抖身子。三樓的空調正常運轉，但二樓卻不同，感覺有些寒冷。可能是因為這房間不但空曠，還設了幾扇大窗戶，室內的氣溫才會比較接近戶外。白天只靠空調可能沒辦法溫暖整個房間，仔細一看，會發現房間各處還放著老舊的煤油暖爐。

秀悟穿越透析室，打開最深處的房門。房門前方延伸出一條稍短的走廊，走廊盡頭便是員工專用的洗手間與值班室的門。

秀悟走進值班室，按下日光燈的開關，房間立刻充滿漂白般的白光。

三坪大的空間中放置了簡易摺疊床、櫃子、小小的辦公桌以及電視，擺設相當樸素。秀悟脫下大衣，將大衣隨手掛在椅背上，鞋也沒脫就直接躺上床。

秀悟平時會帶小說或醫學雜誌來打發時間，但是他今天是臨時決定來代班，什麼都沒帶，無可奈何之下只好打開電視開關。隔了數秒之後，古老的映像管電視才緩緩顯示出影像。

秀悟躺在床上觀看新聞節目好一陣子。某地區的都市發生殺人事件、遙遠的國外掀起大規模暴動、股價預測、天氣預報、職棒的比賽結果。他心不在焉地聽著各式各樣的消息，忽然間，某處傳來爆炸聲響。

原本正在打瞌睡的秀悟猛然坐起身。聲音聽起來相當接近，難不成是汽車爆胎？

秀悟仔細聆聽數秒，外頭並沒有再次傳來爆炸聲。他望向牆上的時鐘，時間不知不覺間來到晚上九點。

……差不多該換衣服了。秀悟站起身，從櫃子取出手術衣。醫師值班時都是以手術衣代替睡衣。

秀悟脫下馬球衫與牛仔褲，換上手術衣，再次躺回床上，閉上雙眼。連日來，沉重的勤務使他的腦袋精疲力盡，現在明明距離睡覺時間還早，他卻開始昏昏欲睡。

秀悟的意識開始在朦朧之中載浮載沉，突然間，一陣急促的電子音強行拉起他的意識。秀悟睜開眼，沉著臉瞪向枕邊的內線電話。內線電話正不斷發出歇斯底里的呼叫聲。

不是說病患病情穩定嗎？秀悟在內心暗自抱怨，手同時伸向話筒。

「是，我是速水。」

「……我是東野。不好意思……可以請您過來一趟嗎？」

對方語氣凝重，秀悟從中察覺事態嚴重。是病患的病情突然惡化嗎？

「我馬上到。在三樓嗎？還是四樓？」

「……在一樓。」東野壓低嗓音，這麼說道。

「一樓？」

「是的，在一樓。麻煩您盡快過來，越快越好。」東野焦急地說。
「我明白了，我馬上下去。」秀悟說完，放下話筒。
該不會是有病患摔下樓梯？總之自己最好加快腳步。秀悟從櫃子裡拿出白袍，一邊披上白袍一邊走出值班室，接著他快步穿過透析室，走下樓梯。他一繞過樓梯轉角，便見到兩名護士站在一樓。一名是東野，另一名護士則是身材纖細，外表大約三十歲左右。秀悟在值班的時候見過她幾次，她的名字好像是「佐佐木」。
「發生什麼事了？」
秀悟奔下樓梯，開口問道。乍看之下，一樓現場並沒有任何病患倒下。
東野緩緩舉起手，食指指向某處。秀悟循著食指的方向看去。
「嗄？」他喉嚨深處漏出一聲驚呼，頓時傻住。
外來病患等待室內放有大約十張沙發，而在室內的一隅，有一名男子站在漆黑的角落之中。他的頭部特別吸引秀悟的目光。男子的頭部外側裹著一張橡膠製的小丑面具，面具的模樣看起來十分詭異。
巨大的嘴唇塗得鮮紅，兩端高高勾起；雙眼畫上烏黑的外框，彷彿貓熊一般；鼻子宛如赤紅的高爾夫球。這一切都足以勾起人類的恐懼本能。
秀悟無法理解狀況，愣愣地站在原地。
「……你就是醫生啊？」

面具上那張巨大雙脣的中心微微動一動，發出低沉含糊的聲音。面具上似乎只有嘴脣跟雙眼的部分開了洞。

「呃、是……」秀悟一頭霧水地點點頭。

「那你過來醫好這傢伙。」

小丑指著自己的腳邊。秀悟的目光向下移去，接著倒抽一口氣。小丑身旁倒著一名年輕女子，女子像蝦子一樣蜷曲著身體，渾身顫抖。秀悟遠遠就能望見她痛苦扭曲的表情。

醫師本能驅動秀悟的身體，他立刻奔向沙發之間，來到女子身旁。

「妳沒事吧!?」

秀悟跪下身，開口問道。女子按著腹部，無力地抬起頭。這名女子相當年輕，可能才二十歲左右。她的雙眼畫上眼影，眼角顯得特別細長；鼻翼高挺、纖細；雙脣抹著嫣紅的口紅。她的臉上畫著稍濃的妝容，長相卻十分標致，平時的她肯定非常有魅力，但現在這張臉卻緊繃、抽搐連連，令人於心不忍。

「肚子……」

女子微微張開顫抖的雙脣，嘶啞地說。

「腹部很痛嗎？」

秀悟伸手觸碰女子裹在毛衣下的腹部，打算為她診斷。剎那間，他的掌心感受到溫暖黏滑的觸感。秀悟低頭望向自己的手，手掌上沾滿紅色液體。

是血？女子正在流血，而且出血量相當大。

「出血怎麼會這麼嚴重……」

秀悟低喃。此時他感覺到有硬物碰到自己的額頭。

「因為我用這玩意給了她一發。」

小丑拿著一把粗糙的左輪手槍抵住秀悟，愉悅地說道。

緊急照明標示燈略帶青色的微光，隱隱映照出那張醜惡的笑容。

2

「喂、醫生，這裡是醫院吧？你快點幫我醫好那女人。」

小丑拿槍指著秀悟，這麼說道。

「……你對她開槍？」

秀悟細細吐出氣息，努力想平復自己瀕臨錯亂的心智。

「我剛才說過啦。」

小丑冷哼一聲，隨意踢踢女子的軀體。女子痛苦地呻吟。

秀悟立刻護在女子身前。小丑則是語帶調侃，晃一晃手槍。

「快住手！」

「喔喔，很英勇嘛。你以為自己是正義的英雄嗎？少來了，快去治好那女的。」

秀悟一面警惕小丑的行動，一面摸向女子的手腕，仔細診脈。女子外表看似嚴重出血，所幸沒有引發出血性休克，但是她需要立即接受手術。

「請抬擔架過來，我們要把這位小姐送去手術室！」

秀悟回過身對東野和佐佐木說。但是兩人縮在一起站在原地，一動也不動。

「快點去！」

秀悟一時情急，使勁怒吼。東野渾身一震，這才怯生生地開始往等待室內移動。

「喂，給我等一下。」

小丑沉聲說道。東野的腳才正要踏出去，便有如石化一般，硬生生地停在原地。

「妳該不會想趁機溜了吧？」

東野聽見小丑的威嚇，用力搖頭，頸部的贅肉隨著動作大力搖晃。

「我只是請她去拿擔架來搬這位小姐而已！」

「我不准。」小丑一口回絕秀悟的反駁：「你去搬她。」

秀悟表情抽搐，低頭望向女子。女子身材非常纖瘦，他應該搬得動，但是可能會讓女子出血得更嚴重……

「救救我……」女子口中洩出一絲虛弱的呼喊。

……沒辦法了。秀悟心意已決，伸手抱住女子的背部與膝蓋內側。

「不好意思，可能會有點痛。」

秀悟說道，同時全身施力，一把抱起女子。女子痛得呻吟出聲。

「請告訴我位置，我來搬她去手術室。」

秀悟回過頭對護士們說道。他曾聽說醫院一樓有一間小型的手術室。

兩名護士遲疑地走進外來病患等待室。東野來到等待室最深處的鐵門，她從白衣口袋取出鑰匙串，抽出一支鑰匙插進鐵門的鑰匙孔中。鑰匙孔發出「喀嚓」一聲，門打開了。東野怯懦地按下牆上的開關打開日光燈，照亮整條大約十公尺的走廊。

秀悟回頭觀察身後的小丑。日光燈的燈光清晰映出小丑的身影。那是一名身材高大的男人。秀悟的身高是一百七十五公分，而這個男人顯然比秀悟還要高，隔著襯衫也能清楚看出他壯碩的肌肉。

「喂喂喂，大醫生，你看什麼看啊？」小丑真正的嘴巴位於巨大紅脣中央，他的嘴脣動了動：「趕快搬那女的去療傷。聽好了，要是那女的死了，我就幹掉你們所有人。」

小丑把槍口輪流對準秀悟以及兩名護士。「咿……」佐佐木雙脣發青，抽泣似的悶哼一聲。

「……我明白了。」

秀悟抱著女子走向走廊深處。他想知道小丑的真實身分與目的，但現在最要緊的是幫助懷中的女子。

走廊盡頭的左側可以看見一扇自動鐵門，鐵門上設有小窗，那裡應該就是手術室。秀悟快步走著，同時感覺女子腹部流出的鮮血漸漸沾溼自己的手臂內側。

鋪滿瓷磚的走廊一側宛如雜物間，堆著心電圖機、如山高的紙箱以及舊白板等物品。這個區域原本應該時時保持整潔，現在卻成這副模樣，手術室想必也是破舊不堪。不過事到如今不能再要求更多。

秀悟繞過消毒手指用的洗手台，來到門前踩下腳踏開關。自動鐵門緩緩開起，手術室內的燈光同時亮起。

「欸？」秀悟頓時愣在原地。

他原本猜想這間手術室非常老舊，幾乎無人使用。但是當他一通過自動門，眼前的空間卻完全異於他的想像。

這裡簡直就像一間大學醫院最先進的手術室。亞麻油氈（註2）質地的地板、牆壁

註2 linoleum，一種天然環保建材，防水阻燃，成分為亞麻籽油，軟木粉塵，樹脂，木粉，顏料和石灰石粉。

光潔明亮，牆上的櫃子裡備有充足的點滴與藥劑；室內不知為何排著兩張手術台，手術台的頭部位置放有新型麻醉機。

為什麼這棟老舊的療養型醫院裡，會有設備如此完善的手術室……秀悟看傻眼，「嗚唔……」此時懷中的女子一陣呻吟，喚回秀悟的注意力。

現在沒時間吃驚了，要趕快為她治療。秀悟靠近手術台，讓女子纖細的軀體仰躺在手術台上。

「給我剪刀！」秀悟向護士們說道。

東野從手術室的櫃子裡取出外科用的組織剪，遞到秀悟手邊。

「立刻進行靜脈注射，以最大流量注入生理食鹽水！」

秀悟接過組織剪，並對東野下達指示。

東野神情嚴峻地點頭，接著對僵在手術室入口的佐佐木大喊：「妳也來幫忙！」佐佐木全身微微發抖，慢吞吞地靠近手術台。

「我要剪開衣服了。」

秀悟不等女子回答，直接拿組織剪抵住染滿鮮血的毛衣，連同底下的襯衫一口氣剪開胸口的位置，白皙的肌膚與淡粉色的胸罩直接暴露在日光燈下。女子下意識想用兩手遮住胸前，東野隨即喝斥：「現在要打點滴，手不要動！」女子只能繃緊臉。

天花板吊著一盞手術無影燈。秀悟打開無影燈開關，並將女子身穿的長裙拉下數公分。眩目的燈光顯現傷口的模樣。

左上腹劃開一道斜行傷口，長約十五公分，傷口仍然大量出血中。這恐怕就是那把手槍射傷的傷口。

悽慘的槍傷令秀悟皺起眉頭，同時他也放下心中的大石。子彈貫穿皮膚以及下層的脂肪、肌肉，但沒有到達腹腔內部。這樣一來就不用施行開腹手術，只需要施打局部麻醉後處置傷口即可。

「治得好嗎？」

秀悟聽見身後傳來詢問聲，回過頭去。小丑背靠在入口附近的牆壁上。

「……應該沒什麼問題。」

秀悟點點頭，對在一旁手忙腳亂的佐佐木下達指示：「請拿無菌紗布過來。」

「什麼應該，是絕對要治好，不然我就當場幹掉你們所有人。給我拚命醫好她。」

小丑揮舞著手槍。秀悟瞥了小丑一眼，接過佐佐木遞來的紗布放在傷口上，並且由上加壓。女子痛得發出微弱的呻吟。

「會有點痛，忍著點。我絕對會救妳。」

女子端正的臉蛋依舊扭曲，不過她聽完秀悟的話，微微點頭。

「妳說得出自己的名字嗎？」

秀悟繼續對話，試圖轉移女子的注意力。

「……我叫做愛美，川崎愛美。漢字是愛人的愛，美麗的美，『愛美』。」

女子悄聲說道。

「那麼愛美小姐，妳知道那個小丑男的身分嗎？他是不是妳認識的人？」

愛美虛弱地搖頭。

「我不認識他，我原本只是想去便利商店，他就突然攻擊我……我想逃走，結果他就……」

愛美渾身顫抖，似乎是想起當時的情況。

「……醫師，設置好靜脈管路了。」

東野低聲報告。

「請從側管注射抗生素，還有，請準備縫合包與局部麻醉。」

東野聽完秀悟的指示，頷首回應。東野不愧是資深護士，情緒已經平穩下來。相較之下，佐佐木卻是躲在麻醉機的後方，全身抖個不停。

「我立刻準備，不過……之後該怎麼辦？」

東野將聲音壓得更低。

「……總之，我們先暫時聽從那個男人的指示。」

秀悟一邊注意小丑一邊說道。

「喂喂喂，你們在說什麼悄悄話啊？」

小丑語氣焦躁，慢慢靠過來。

「我在指示護士準備治療所需的器材。」

「哈、你嘴巴上這麼說，其實是在偷偷商量怎麼報警吧？」

「我不會報警的，相信我。」

秀悟語氣平緩地說，小心翼翼不去刺激小丑。

「鬼才信。你們要是報警就走著瞧，所有人都別想活著走出醫院。」

「……我明白了，但能否請你解釋一下狀況？我現在一頭霧水，實在沒辦法著手治療。」

「狀況？你要我解釋狀況呀？好啊，就告訴你好了。」

小丑男愉快地說完，便從外套口袋中取出智慧型手機，開始操作。

他到底想做什麼？秀悟皺緊眉頭，此時男人得意洋洋地亮出手機畫面。

液晶螢幕顯示出影片。小丑男似乎在手機上開啟了單波段（註3）電視程式，上頭播放著新聞節目。女播報員單手拿著麥克風說得口沫橫飛，看起來有些激動。

『……再次重複。稍早晚間八點三十分左右，調布市發生一起強盜案件。一名男性

註3 原文為ワンセグ（One Seg），是日本地面數位電視廣播服務之一，提供手機、行動裝置上的行動電視服務。

歹徒闖入便利商店，疑似持手槍射擊，並奪走店內財物。本台目前收到情報，男性歹徒頭戴面具，逃脫之際挾持了一名女性。警方已調動大量員警追查歹徒下落，現階段尚未查獲其行蹤。這起槍擊案件發生寧靜的住宅區，周遭居民因此難以入眠……』

小丑關閉手機畫面，播報聲隨即消失。手術室頓時陷入一片死寂，靜得耳朵生痛。

小丑戲謔地聳聳肩：

「我不小心失手了，總之麻煩讓我在這兒躲一陣子吧。」

秀悟拉起尼龍線，一針一針縫合白皙皮膚上的傷口。他將絲線打上外科結，以組織剪剪去多餘的線頭，並且大口吐出氣息。

秀悟已經在這間手術室待上將近一個小時，這段期間他為愛美的傷口施打局部麻醉，清除槍擊造成的壞死組織，並且縫合。

一般縫合皮膚只要花上數分鐘，不過秀悟特意採取皮下縫合的方式，以細線縫合皮下組織，盡可能將傷口處理得更漂亮。這麼做除了傷者是年輕女性，秀悟更想藉此爭取更多時間思考接下來的對策。

秀悟將尼龍線穿過持針器上的針頭，並且側眼觀察小丑。小丑背靠在手術室入口附近的牆上，凝視秀悟等人的狀況。他依舊戴著那張笑容扭曲的面具，看不清他真正的表情，感覺著實詭異。

「喂喂喂，你還有心情看我啊？你真的救得了那個女人嗎？」
「沒問題，再過五分鐘就能做完手術處理。」
小丑聽秀悟說完，便鬆口氣。
「看你這麼擔心她，一開始怎麼會對這位小姐開槍？」
「我本來就沒打算開槍。我剛踏出便利商店，馬上就聽到巡邏車的警笛。大概是店員看我走出去，立刻就報警了。我想說保險起見，打算抓路過附近的女人當人質，結果這傢伙突然大聲尖叫，掙扎個不停，我下意識就給了她一發子彈。」
秀悟聽完小丑的解釋，不禁皺眉。他的行動實在太草率了。
「那女人腹部流出一大堆血，倒在地上。那女人要是掛了，我不就變成殺人犯了？萬一再被條子抓到，我搞不好會被判死刑。我一想到這裡，只好趕快把她塞進車裡，到處找醫院。我好不容易才搞到錢就捅出這簍子，真是夠了。」
小丑焦躁地咂舌。秀悟望著小丑，抿緊雙脣。這個男人的行動模式完全是顧前不顧後，根本無法推測他接下來會有什麼舉動。
「不對，我幹麼跟你說這麼多廢話啊？快點治好那女人。」
小丑彷彿突然回過神，不滿地說。秀悟點點頭，再次專注在傷口上，繼續縫合。
「……這個、會不會留疤呢？」
愛美躺在手術台上，胸口蓋著綠色的無菌布，不安地詢問。秀悟望向愛美的臉蛋，微微睜大雙眼。

由於剛才狀況太過緊急，秀悟現在才發現，無影燈下的愛美實在美麗極了，令他忍不住看出神。她的神情猶如曇花般脆弱，彷彿輕輕一碰就會毀壞，激起秀悟的保護欲。

略帶茶色的溼潤雙眸使秀悟產生錯覺，自己像是逐漸被吸進那雙眼瞳之中。

「呃、不會……沒問題。我已經盡可能縫得很漂亮了，癒合之後應該看不太出來疤痕。」

愛美聽完秀悟的解釋，如同花兒一般綻放笑容。整間房間一瞬間明亮起來。一絲薔薇的香氣掠過他的鼻腔，可能是她身上擦了香水？秀悟甩甩頭，將意識集中在縫合作業上。

數分鐘之後，秀悟完成縫合，從東野手中接過無菌紗布覆蓋在傷口上，再以膠帶固定。

「手術結束了，有辦法自己起來嗎？」

秀悟掀起無菌布，開口問道。愛美有些畏縮地撐起上半身，姣好的臉蛋一瞬間痛苦地皺起來，但她還是勉強坐在手術台的邊緣。愛美的內衣全露了出來，她害羞地用兩手遮掩胸口。東野從櫃子拿出衣襬稍長的住院服，為愛美披上。

「這裡只有這種衣服能穿了。」

「謝謝您。」愛美將手穿過住院服的袖子。

秀悟將持針器與鑷子放回器械台上，再次面向小丑。

「我已經按照你的要求治好她了。你應該沒必要繼續待在醫院裡，請馬上離開。」

秀悟語氣死板，小心不暴露自己的緊張。

「喔、幫大忙了。不過咧，我還不能離開這裡。」

小丑晃一晃握著手槍的手。

「為什麼！我們都照你說的做了呀！」

佐佐木突然從麻醉機後方跑出來，歇斯底里地大喊。下一秒，小丑將槍口指向佐佐木。佐佐木發出微弱的悲鳴，抱住頭跌坐在地。

「大姊，少給我大小聲！妳找死啊！」

小丑對佐佐木怒吼。只見佐佐木將身體縮得更小，簡直像隻丸子蟲。

「對不起，我代替她道歉，麻煩你冷靜點。能否請你告訴我，你為什麼不能離開醫院？我會盡可能達成你的要求。」

秀悟急忙說道。小丑依舊站在入口附近，視線從佐佐木轉移到秀悟身上。

「喂、混帳，你真以為我這麼蠢啊？我要是現在離開醫院，你們立刻就會找警察來抓人吧。」

「我們才不會報警！」東野至今始終保持沉默，此時她終於開口：「假如你擔心我們報警，我們可以把手機交給你，甚至可以剪斷醫院的電話線再走啊。」

「當然，我要走的時候就會這麼辦。不過晚上那些警察還在到處亂竄，我至少要在這裡待到早上。就是這樣，麻煩你們收留我一晚啦。」

小丑輕佻地說。秀悟面對眼前的小丑，咬緊下脣。

「喂喂，不需要這麼緊張吧。一個晚上而已，只要你們不作怪，我也沒打算傷害你們。讓我們好好相處吧。」

小丑發出低沉含糊的笑聲。此時，秀悟忽然察覺，有一道人影站在小丑身後的走廊。

秀悟仔細一瞧。小丑擋在出口前，所以看得不是很清楚，但的確有人站在走廊裡。到底是誰？這間醫院除了自己和兩名護士之外，應該沒有其他員工了。該不會是住院患者在院內徘徊，不小心晃到這裡來？但是院內的患者應該只有少數人能夠自行活動……

人影移動得非常緩慢，但確實逐漸接近手術室。秀悟終於清晰見到對方的模樣。他睜大雙眼，拚命吞下差點喊出口的驚呼。秀悟認得那個男人。那是一名中年男人，他身穿白袍，頭頂全禿。正是這間醫院的院長——田所三郎。

為什麼院長會在醫院內？院長平時在值班醫師抵達之前就會回到家中，秀悟也只見過院長幾次。印象中，院長室是在五樓。他可能是今天剛好留在院長室內，察覺醫院裡的異狀，所以才下來察看？

田所神情緊繃，一步步通過走廊，他的手中似乎還握著高爾夫球桿。當秀悟察覺這點，他的雙眼瞪得更大。小丑正露出愚弄般的眼神看著秀悟等人，完全沒注意到身後的田所。院長終於來到手術室附近。他只要從那裡使勁揮動球桿，就能一桿打中小丑包覆在面具裡的頭部。

上啊！解決他！秀悟在內心大喊，握緊雙拳。田所咬緊牙根，高高舉起球桿。

下個瞬間，一股爆炸聲震動手術室中的空氣，聲音大得能炸開耳膜。秀悟下意識用手遮住耳朵，咬緊雙唇。

正當球桿即將落下之際，小丑忽然回過頭，朝著田所開槍。田所失手放開球桿，發出不成聲的慘叫，向前倒地，並且用力按住自己的右腳。

「……你在搞什麼飛機？」

小丑俯視跪倒在地的田所，將冒著絲絲白煙的槍口對準田所的頭部。

「你是誰呀？」

「……我是這間醫院的院長。」田所從緊咬的牙間擠出聲音。

「院長？所以院長大人是打算自己保護這間醫院啊，真偉大呢。不過呢，你既然是院長，就代表你也是醫生吧？醫生總該知道，用高爾夫球桿打人的頭會怎麼樣吧？」

小丑的手指扣在扳機上。田所鬆弛的臉皮因恐懼而扭曲。

「你要是用那種鬼東西打我的頭，一不小心就會打死我啊！」

「住手！」

秀悟見小丑的手指即將扣下扳機，反射性大喊出聲。「嗄啊？」小丑開口威嚇，目光與槍口轉向秀悟。

「這邊的小姐才剛得救，你好不容易擺脫殺人犯的汙名。你要是現在對院長開槍，一切就全白費了。」

秀悟扯高嗓音說道。

「嗄？這傢伙想殺掉我耶。我幹掉他，頂多叫做那個什麼……正當防衛吧？」

「這種狀況下，你是不符合正當防衛的條件。假如你殺了院長，一旦被逮捕就是死刑一途。」

秀悟半是賭氣地繼續說。他其實沒自信自己的說詞能說服這個男人。

「……你說的是真的嗎？」

小丑一瞬間似乎退縮了。秀悟沒漏看這點。

「錢！」

「嗄啊？你鬼叫什麼？」

秀悟大喊一聲。小丑莫名其妙地看著他。

「你是因為要錢才去搶劫超商吧？等待室應該還有一些錢，不過只有院長知道錢擺在哪裡。所以你不要殺他！」

秀悟一口氣喊完，氣喘吁吁地等待小丑接下來的反應。

小丑沉默數秒，面具上露出的雙唇緩緩彎起。

「喔喔、喔喔，什麼啊，還不少嘛。」

小丑抓著十幾張鈔票，愉快地說道。

秀悟等人在小丑催促下，從手術室移動到外來病患等待室。而院長雖然中槍，不過子彈似乎只擦過表皮，他還能勉強拖著傷腳移動。方才秀悟看到的等待室還籠罩在昏暗之中，現在則是充滿日光燈的光亮。

數分鐘前，小丑命令秀悟等人坐在等待室的沙發上，接著指示院長去取錢。院長神情緊繃地從接待櫃檯中取出手提金庫，解開上頭堅固的掛鎖，將金庫裡的現金遞給小丑。

「錢已經給你了，這樣就夠了吧。快點離開我的醫院。」

田所低吼似的說道。

「放心吧，天一亮我就會離開了。」

「……早上五點會有廠商送來病患的早餐材料，廚師們也會抵達醫院。假設到時候讓他們察覺異狀，他們會報警的。」

田所說完，原本興奮不已的小丑頓時繃緊嘴角。

「……五點嗎？」小丑悄聲說道。「好，那我就在這裡待到五點為止。你們在那之前可別想著要逃跑或報警啊。」

「我明白了，相對的，你要發誓不會傷害我們或是患者們。」

「可以呀，我本來就不太想亂殺人，只要錢到手就夠了。只是呢……」

小丑瞪向秀悟等人，彷彿用眼神威脅他們：

「我是死也不打算進監獄，你們如果報警讓條子包圍醫院，或是有任何人打算逃跑，我就會一口氣幹掉你們還有所有住院的病人，然後再自殺。」

佐佐木彎著腰縮在沙發上，發出微弱的呻吟。

秀悟感覺有人拉了拉自己的白袍。他一看，身旁的愛美臉色蒼白地抓住他的白袍袖口。

「放心吧，沒問題的。」

秀悟靜靜地說道，愛美僵著臉，點點頭。

「我接受你的所有要求。畢竟我的工作不是逮捕你，而是保障病患與員工的安全。我們的利害關係一致，你不需要擔心。」

田所堅決地對小丑說道，此時的他看起來實在很可靠。

「院長大人，可別背叛我啊。」

小丑將手槍舉到側臉旁，輕佻地說。雙方交涉成功，眾人的安全暫時獲得保障，劍拔弩張的氣氛隨之放鬆些許。

還有七個小時左右，只要這段期間不發生任何意外，小丑就會離開，眾人能再次回到日常生活中。秀悟側眼觀察佐佐木的狀況，他最擔心的就是她。佐佐木看似早已到達忍耐極限，不知道還能不能再忍七個小時。

「我有個請求。」田所突然開口說道。

「院長大人，什麼請求呀？」小丑晃一晃握著手槍的手。

「可否讓兩位護士回到樓上？這間醫院裡的大部分病患沒辦法自己翻身，我們每隔幾個小時就必須為這些病患翻身，不然他們會得褥瘡、壓瘡的。」

「喂喂喂、院長大人呀，你明白自己現在是什麼立場嗎？一個晚上沒翻身也不會死吧？」

「人只要一個晚上不翻身就會患上褥瘡，視狀況還可能引發感染，危及性命。」

「什麼啊，太麻煩了吧。」

小丑大聲咂舌，緩緩環視等待室一圈。

「……那是什麼？」

小丑指著樓梯口的鐵門欄。

「這間醫院以前是精神科醫院，那是當時使用的鐵柵欄。」

「原來如此，精神病院，所以才會連窗戶都設了鐵窗……順便問一下，醫院裡只有那個電梯跟樓梯嗎？」

「……沒錯。」

院長答道。小丑冷哼了一聲。

「好，決定了。你們幾個就乖乖待在上面。」

「……什麼意思？」

院長問道。而小丑拿起金庫上的掛鎖：

「你們全都去樓上後，我就用這玩意鎖上柵欄，然後我只需要監視電梯就行了。你們待在樓上，隨便你們要幹啥就幹啥。我就在一樓看守，讓你們下不來就成了。」

「要是我們下來的話？」

「還用得著我說嗎？」

秀悟不自覺地問道。小丑瞪著秀悟，舉起槍。

「你們要是下來一樓、逃跑或是報警，就等著沒命吧。不只是你們自己，住院的病人也一起上西天。」

小丑似乎是得意起來，開始變得多話。

「我會在早上五點之前跟這間醫院說再見，到時候你們就自由了。」

小丑舉止誇張地聳一聳肩。

3

「我認為應該要報警。」

秀悟低聲說道。田所立刻對秀悟投以尖銳的視線。

秀悟一行人遵照小丑的指示走上二樓之後，五人將鐵椅搬到透析室的中央，排成一圈，開始商量今後的行動。

「不行，假如我們報了警，不只是我們，甚至會危及患者。」

田所態度強硬地說。東野和佐佐木則是點頭附和。

「就算我們老實等著，也不一定能保證我們的安全。那個男人搞不好打算在逃離醫院之前先解決掉我們啊！」

秀悟否定田所。

「那個小丑殺了我們也得不到任何好處，他何必這麼做？」

田所的語氣開始顯得焦躁。

「理論上確實是如此，但我的意思是：我們沒辦法推測那個男人的行動。那傢伙搶劫之後不但隨便對女性開槍，挾持她當人質，最後又不知道怎麼善後，只好闖進醫院裡，他根本做事不顧後果的。」

院長聽完秀悟的解釋，一臉嚴肅地沉默不語。東野、佐佐木以及愛美只能望著僵持不下的秀悟與田所，神情滿是不安。

「現在一樓只有那個男人。假設警方派出特種部隊，一定能不驚動那傢伙，悄悄接近並且制伏那傢伙。這麼做應該比較安全。」

秀悟趁勝追擊。田所使勁抓著自己光禿禿的頭頂，頭皮反射日光燈的亮光，看得出上頭多出幾條紅痕。

「速水醫師，你的想法太樂觀了。那個男人也有可能一發現警察包圍醫院，就自暴自棄地到處追殺我們或病患。」

這次輪到秀悟語塞。

「……速水醫師，不好意思。我是這間醫院的院長，麻煩你聽從我的指示。」

「現在跟是不是院長有什麼……」

「那麼來進行表決吧。」田所打斷秀悟，這麼說道：「有人贊成我的意見嗎？」

經過短暫的沉默之後，東野與佐佐木畏畏縮縮地舉起手。愛美縮著身體，來回望向秀悟與田所。

「那個，妳是川崎小姐吧。妳贊同速水醫師的意見嗎？」

田所溫和地詢問愛美的意思。愛美低著頭，左右搖一搖虛弱的臉龐。

「我……我不知道。我只是莫名其妙捲入這件事，根本還弄不清楚狀況……我只想回家……」

愛美的低喃細若蚊鳴。田所同情地點點頭，重新面向秀悟。

「所以現在是三人贊成，一人反對，一人棄權。那麼按照民主制度的慣例，速水醫師，麻煩你聽從我的指示。這種時候自己人內訌很危險的。」

什麼鬼民主制度，田所根本一開始就確定兩名護士會站在他那裡，才搞出這場表決。秀悟在心中暗自抱怨。

「那麼很抱歉，速水醫師，為了以防萬一，請你把手機交給我。」

「……有必要這麼做嗎？」秀悟皺起眉頭。

「我必須謹慎行事。也請妳們將手機交給我保管。」

田所對護士們說完，接著看向愛美。

「那個，妳的話……」

「我被攻擊的時候就搞丟了手提包，手機在手提包裡……」

愛美仍舊低著頭。

「原來如此。川崎小姐，很遺憾您這次受到牽連，不過請您放心，只要您還待在這間醫院，我會極力保障您的安全。等到早上，您就能平安回家。」

田所循循善誘地對愛美說道。秀悟見狀，心中升起一股難以言喻的心情。根本沒人知道狀況會朝什麼方向變化，這種狀況哪裡能有什麼「保證」？

秀悟凝視低著頭的愛美。從側面望去，更凸顯她線條俏麗的鼻尖與柔軟雙唇。

「我去拿智慧型手機過來。」

秀悟微微甩一甩頭，站起身。愛美抬起頭，對秀悟投向無助的眼神。

「……我馬上就回來。」

秀悟彷彿想逃離愛美的眼神，轉身走向值班室。

秀悟回到值班室後，大嘆一口氣。他一踏進這個空間，就覺得像是回到自己的領域。他走近窗邊，打開霧面玻璃窗，眼前出現一道鐵窗。秀悟抓住鐵柵欄，試著前後搖動。不過柵欄不動如山。

看來是沒辦法從窗戶逃脫。秀悟放棄這個選項，關起窗戶，拿起枕頭邊的智慧型手機。此時，他忽然僵住不動。

不報警真的沒問題嗎？這裡誰也看不見，他只要現在打電話報警就行了。

秀悟觸碰智慧型手機的螢幕，開啟電話程式，快速輸入「１１０」。接下來只要輕觸「通話」鍵，就能通知警察。

秀悟微微顫抖的指尖逐漸靠近螢幕，強烈的躊躇念頭在胸口盤旋著。

正如田所所說，報警之後更可能使眾人暴露在危機之中。他真的應該報警嗎？

下一秒，小丑狂妄的笑容竄過秀悟的腦海。他咬緊牙根，按下「通話」鍵，智慧型手機卻毫無反應。

「咦？」

秀悟愣住，重複眨眼數次。怎麼會打不通？秀悟又按了幾次「通話」鍵，赫然發現螢幕上方標示電波的符號顯示成「×」。

沒訊號？秀悟皺起眉頭。這間醫院的手機收訊確實不太好，但應該不至於沒訊號。到底為什麼？秀悟搖一搖手機，心裡升起不祥的預感。此時背後忽然傳來開門聲，秀悟下意識回頭看去。

「……速水醫師。」

田所站在房門內，語氣低沉地呼喚秀悟的名字。

「呃……喔喔，院長，怎麼了？」

秀悟握著智慧型手機的手臂輕輕放下，扯開嗓子說道。

「沒什麼，只是你去太久了，我有點擔心，這才過來看看狀況。」

田所是單眼皮，眼睛本就顯得細小，現在因為質疑而瞇得更細。

「我一時忘記智慧型手機放在哪裡，花了點時間找。原來是塞進背包底層裡。」

「是嗎？那麼不好意思，請將手機交給我。」

田所朝秀悟伸出手。秀悟猶豫半刻，才將手機放在肥胖的手掌上。田所的嘴角下垂，肥壯的軀體轉回門外，拖著傷腳走回透析室。秀悟則踩著沉重的腳步尾隨在後。

他和田所一起回到透析室，便見到東野和佐佐木也各自拿著自己的手機。她們應該是從護理站拿來的。

「那麼就由我保管所有人的行動電話，有任何問題嗎？」

田所確定護士們都點頭答應後，看向牆上的時鐘。

「只要再忍耐六個半小時。希望大家能配合，在這段期間盡量不要刺激那個男人。接下來，請東野小姐跟佐佐木小姐先去巡視各層樓的病患。萬一有病患察覺騷動感到不安，請找理由蒙混過去，再讓病患服用安眠藥。」

兩名護士回答：「好的。」接著兩人站起身走向樓梯。田所再次面向秀悟和愛美。

「我也跟她們一起去巡房，就請兩位在這裡稍等。」

「呃、不，巡房的話應該是由我……」

秀悟正要起身，田所舉起手掌擋在他面前。

「不，速水醫師，請你留在這裡。」

「為什麼？我才是值班醫師……」

「住院病患的主治醫師是我，我必須對病患們負起全責。我不在醫院的時候當然可以交給值班醫師負責，不過現在我本人在場，又碰上這種異常狀況，應該由我負責巡房才是。唉，我居然剛好選在這種時候加班檢查診療報酬明細，真是不幸中的大幸。」

「是嗎……」
秀悟心不在焉地答道，他覺得似乎有哪裡不對勁。
「更何況，速水醫師的病患就在那裡呀。」
田所望向愛美。愛美則是指著自己，低喃道：「您說……我嗎？」
「您接受了速水醫師的手術，也就是說，速水醫師有義務好好照顧您。」
這番話確實有點道理，不過田所的態度著實有些古怪。秀悟默默盯著田所。
「那麼，就請兩位小心別驚動那個男人了。」
田所說完，便跟在兩名護士身後，雙手抓住扶手，一步步拖著傷腳走上階梯。
秀悟的視線茫然地掃過寬廣的透析室。剛才已經打開透析室的空調，室內稍微變得暖和一些，看來是不需要點燃放置在各處的煤油暖爐。
整個空間只剩下兩人，空氣中漸漸充斥著靜默。只見愛美的神情忐忑不安，沉默不語。秀悟心裡一陣尷尬，在椅子上隱約挪一挪臀部，並朝愛美投以目光。
秀悟想主動搭話，然而他完全想不到話題，只能乾著急。
「那個……」愛美輕聲低語道。
「呃、是！」秀悟沒料到愛美會主動開口，回答的聲音頓時高了八度。
「剛才真是非常謝謝您。」
「欸？謝謝是指……」

「謝謝您幫我做手術，救了我一命。」

愛美臉上浮現淡淡的笑容。

「不，妳只是被子彈貫穿皮膚跟肌肉而已，原本就不會危及性命。」

「是嗎？但是，我還是很害怕。那個小丑突然就攻擊我，還開槍打我的肚子……流了好多血，肚子也很痛……他把我推進車裡的那個時候，我真的以為我會就這樣沒命。」

愛美描述到一半，似乎想起當時的感受，再次低下頭，肩膀微微顫抖。秀悟不知道該如何安慰她，只能默默凝視著愛美。

「所以，當您在手術室裡對我說『沒問題』的時候，我真的非常開心。」

愛美抬起頭看向秀悟。秀悟見到那對圓潤眼眸直視自己，心臟猛地一跳。

「請讓我向您道謝。真的非常謝謝您救了我。呃……」

愛美沒有移開目光，疑惑地歪一歪頭。

「速水，我叫做速水秀悟。」

「速水醫生嗎？我是川崎愛美……啊，剛剛已經自我介紹過了呢。」

愛美羞澀一笑，縮了縮頭。

「妳其實不需要加敬稱。」

「是嗎？那就容我直呼你為秀悟了。也請你叫我愛美就可以了。」

秀悟見對方突然直呼自己的名字，不禁有些慌張。

「啊、不好意思……」

「不會，別在意。」秀悟急忙說道。

「太好了。」

愛美露出微笑。秀悟望著她的笑容，暗自困惑。她深陷困境，為什麼還能擺出這種態度？不，或許正因為是這樣的窘境，她才刻意裝出開朗的模樣，以便掩飾自己的恐懼。

「秀悟是在這間醫院工作吧？」

愛美問，語氣變得相當親暱。

「其實不是，我平常是在附近的綜合醫院工作，偶爾才會來這間醫院輪班。」

「原來如此，你是哪一科的醫生呢？」

「外科，不過我現在跟五年級的見習醫學生差不多。」

「你都治得好我的傷了，怎麼會像見習生呢？」

愛美臉上閃過一絲陰霾。

「我在手術室一看到自己的傷口，就覺得會留下很大的疤，不知道該如何是好。那時候明明連自己能不能活下來都不知道，很奇怪吧？」

「不、沒這回事……」

「可是秀悟幫我治好那麼大的傷口，還說會縫得很漂亮。真的很謝謝你。」

愛美使勁低頭，都能直接看到她的髮旋了。秀悟摳一摳太陽穴，心裡泛起一絲罪惡感。

他確實盡力將傷口縫合平整，但依然會多少留下痕跡。該不該建議她等到傷口痊癒之後，請整形外科醫師進行疤痕整形手術……秀悟暗自思考著，此時愛美抬起頭，開口說道：

「我們應該很安全吧？只要等到早上，那個小丑就會消失到別的地方了，對吧？」

愛美再次恢復成憂心忡忡的語氣。她果然在勉強自己。

「是啊，我們一定會沒事的。」

秀悟的語氣堅定，小心翼翼不暴露自己的不安。愛美怯懦地低喃：「真是這樣就好了……」

「呃，愛美小姐還是學生嗎？」

秀悟眼見氣氛再次沉悶起來，便開口找愛美聊天，改變氛圍。

「啊，是的，我還是學生。我在附近的女子大學就讀教育學系。」

「那就是說，妳將來會成為學校的老師嗎？」

「是啊，我想去小學當老師。」

「這樣呀。嗯……還是大學生的話，現在應該是二十歲左右囉？」

為什麼自己只想得出這種聯誼時才會聊的話題？秀悟的自我厭惡壓得他臉上微微抽筋。

「其實我才十九歲而已。」

「呃、是嗎？」

「怎麼了？我看起來很老嗎？」愛美不滿地噘起雙唇。

「不、我不是這個意思，只是妳看起來很成熟……」

秀悟連忙辯解。愛美見狀，則是淘氣一笑。

「開玩笑的。我如果不化妝，外表會看起來年紀很小，我甚至還曾被誤認成高中生。我不想老是被誤會，才刻意把妝畫得成熟一點。」

「可是妳看起來實在不像高中生啊？」

「這是化妝的魔力喔。女人只要化了妝，就能變成另一個人呢。」

愛美半開玩笑地拋了個媚眼。她嬌媚的舉動，讓秀悟忽地心跳漏一拍，連忙從愛美身上移開目光。此時，秀悟突然察覺視野的一角有某樣東西。

那是……秀悟站起身，走向房間的角落。角落的牆壁上裝設有一台內線電話。

為什麼他沒想到？就算手機沒訊號，只要用內線電話連接到外線……

秀悟的手伸向話筒。他不打算馬上報警，只是想先確認電話可否正常使用，以防萬一。

當秀悟拿起話筒的瞬間，他瞪大雙眼。

話筒連接話機的電線遭人剪斷，垂在腳邊。

「怎麼會？」秀悟拉起電線，失望地低喃。

「……院長剛才趁著秀悟去拿手機的時候，剪斷了電話線。」

秀悟僵在原地。愛美走到他身旁，如此說道。

「為什麼要這麼做!?」

秀悟按捺不住，放聲大吼。愛美嚇得渾身一震。

「那、那個，院長說是『避免有人報警，以防萬一』……我覺得沒必要做到這種地步，可是沒辦法阻止他……對不起。」

「呃、不，我不是在責怪愛美小姐，只是……」

這未免太過頭了。秀悟凝視斷掉的線頭，猛然抬起頭。田所等人去樓上之後已經超過十分鐘，他們可能也在其他電話機上動相同的手腳。

田所到底為什麼要做到這種地步……？

此時忽然有人拉扯秀悟的白袍，阻礙他的思緒。

「怎麼了？」秀悟看向愛美。她正抓著秀悟的白袍衣袖。

「剛才那個……你有聽到嗎？」愛美的聲音微微顫抖。

「聽到？聽到什麼？」

「好像有人在呻吟，聲音是從樓梯那邊傳來的。」

愛美指向樓梯。

「不、我什麼都沒聽見……妳聽錯了吧？」

「我的聽力很好，才不會聽錯。那個絕對是男人的呻吟聲，該不會是院長出了什麼事？」

愛美拉起秀悟的手，帶他來到樓梯附近。

應該是風聲之類的聲響？秀悟仔細聆聽。此時，一陣細微的聲音隱隱撥動耳膜：

「啊、啊啊、啊啊啊……」秀悟倒抽一口氣。

「又來了！聽見了嗎？」

「……聽見了。」

愛美激動地對秀悟說，秀悟則遲疑地點頭。他確實聽見聲音，那似乎是男人的哀號。

院長遭到攻擊了？那個小丑這麼快就反悔了？秀悟再次面向身旁顫抖不已的愛美。

「愛美小姐妳在這裡等著，我去看看狀況。」

「不要！」愛美立刻大喊：「我絕對不要一個人等！」

「可是那邊可能會很危險……」

「待在這裡一樣會很危險呀！不要丟下我一個人！」

愛美呼吸凌亂，極力表達自己的不願意，她抓住白袍的手甚至浮出青筋。

「……我知道了，那我們一起過去吧。」

秀悟猶豫了十幾秒，最後這麼說道。愛美大大鬆一口氣。

「但相對的妳要小心點，不要離我太遠。」

秀悟見愛美點點頭，便一步步踏上陰暗的樓梯。心跳逐漸加速。愛美腹部隱隱作痛，眉頭微蹙，但仍舊緩慢跟在秀悟身後。

「……東野小姐？」

秀悟抵達三樓後，探頭查看護理站，並且低聲呼喚東野的名字。然而護理站裡不見東野的身影。

她去巡房了嗎？正當秀悟這麼心想，某處再次傳來呻吟聲。秀悟與愛美望向聲音傳來的方向——走廊的深處。

秀悟吞口口水，邁開步伐。

「要過去嗎？」愛美的表情顯得驚恐萬分。

「假如那是院長的聲音，我得趕快過去幫他。愛美小姐可以在這裡等……」

秀悟還沒說完，愛美便拚命左右搖頭。

「要我一個人待在這裡，還不如一起過去。」

「那我們走吧。」

兩人每往走廊前進一步，聲音就更近一些。下一秒，兩人見到前方數公尺處，有一隻手臂從某間病房裡伸出來。愛美驚呼一聲。那隻手臂抓撓空氣，彷彿在求救，同時再次發出呻吟。

有人倒在那間病房裡！秀悟從短暫的僵硬中解放，大步奔上前。

「等、等一下……」秀悟身後傳來愛美的腳步聲，她也追了上來。

秀悟探頭查看病房，隨後全身頓時脫力。倒在病房裡的不是田所，而是一名穿著住院服的中年男人。男人趴伏在地，並向秀悟伸出手。在緊急照明昏暗的光芒映照下，秀悟能看出男人的手臂正在流血。他一定是拔掉了點滴。

「這、這個人是……」

愛美躲在秀悟的背後，低聲問道。秀悟立刻指向一旁空蕩蕩的病床。

「他是住院的病患，可能是他自己把點滴拔掉後跑下床了吧。」

秀悟看向掛在病床邊的名牌，上頭寫著「新宿11」。秀悟的脣角垮了下來。

「這個『新宿11』是什麼意思呀？」愛美疑惑地問道。

「……是他的名字。」

「咦？是名字……」

「凡是來歷不明的患者，我們會以發現他的場所及編號來稱呼他，直到找到他的身分為止……『新宿11』代表他是這間醫院第十一位身分不明的病人，而發現他的地點是在新宿。」

愛美聽完秀悟的說明，便憐憫地注視那名趴伏在地的男人。男人依舊對著秀悟兩人伸出手，試圖向兩人求救。

「你沒事吧？聽得懂我說的話嗎？」

愛美跪在男人面前，主動向他搭話。男人卻只吐出一些無意義的單字。

「他應該是得了失語症，沒辦法說話。看他左半身出現麻痺症狀，可能是腦中風患者。」

秀悟模仿愛美，跟著跪在男人身旁。

「身體有哪裡痛嗎？」

男人的頭部微微動一動，似乎是在點頭。看來他的症狀並非完全的失語症，而是表達型失語症，他可以正常理解語言，但無法用語言表達自己的意思。

秀悟轉頭看向走廊。

「護士們到底去哪裡了？我想知道這名患者的資料啊。」

「那個……要不要我去找找看？」

秀悟焦躁地低聲抱怨。愛美見狀，怯生生地提議。秀悟一瞬間打算拜託她，但是馬上就打消念頭。那個小丑還待在醫院裡，最好別讓愛美單獨行動。

「不，沒關係。我們先把這名患者扶回病床上，等一下再一起去找護士。」

秀悟觀察那名仍舊呻吟不斷的男性病患。他的身材還不到骨瘦如柴，但相當矮小。秀悟應該勉強能獨自將他搬上病床。

「總之我們先回病床上。我現在要讓你躺正，等一下再抱你起來。」

秀悟對男人解釋，並將手伸入男人的腹部下方。一股溼黏的觸感隨即爬滿右手，秀悟皺起臉。該不會是摸到嘔吐物或是尿了？秀悟暗自後悔沒事先戴上手套，並且緩緩翻過男人的身體。接著，男人忽然大聲哀號。

愛美看見男人的軀體，驚呼一聲。

男人身上的住院服左上腹位置滲出紅黑色的汙漬。秀悟下意識看向自己的右手，緊急照明燈光相當昏暗，但他仍然能清楚看見自己的手掌被染得鮮紅。

是血？秀悟急忙解開男人的住院服檢查，男人的左側腹裂開一條大縫。

「手術後的傷口……？」秀悟輕聲低喃。

那是一條斜行的直線傷口，顯然是手術刀切開的痕跡。這個人很可能是這幾天才接受過手術，而現在術後傷口大大地裂開來。

秀悟觀察汩汩滲血的傷口，突然察覺異狀。

「縫線……斷了？」

秀悟喃喃自語，拚命想釐清現在的狀況。

「……這名患者最近剛接受過手術，然後有人剪斷縫線，還給予傷口衝擊……他應該是出手毆打傷處……」

愛美聽見秀悟的低語，瞪大雙眼。

「是誰這麼過分!?」

秀悟無法回答愛美的疑問。

是那個小丑嗎？可是那個男人應該還待在一樓，更何況他沒理由傷害住院病患。

秀悟甩甩頭，甩開腦中的疑問。現在沒時間思考原因，必須趕快為病患治療。

秀悟站起身，用乾淨的那一手牽起愛美。

「我們回護理站吧。」

「要丟下這個人不管了嗎!?」

「我必須先準備器材才能為他治療，而且人手不夠，要先去叫護士過來才行。」

秀悟急促地解釋，同時牽著愛美的手回到走廊，走進護理站。

「東野小姐！佐佐木小姐！院長！」

秀悟從藥櫃取出袋裝的生理食鹽水，並且嘶聲力竭地大喊。這麼做或許會驚動小丑，但現在最要緊的是湊齊人手。愛美猶豫片刻，也開始大聲呼叫：「護士小姐——！」

數十秒後，秀悟準備好點滴管、點滴針、生理食鹽水袋等器材，放在器械托盤上，此時他才聽見樓梯傳來腳步聲。秀悟抬頭一看，東野和佐佐木板著臉奔下樓梯。

「您在做什麼！叫得那麼大聲，萬一讓那個小丑聽見了怎麼辦？」
東野衝進護理站，漲紅臉激動地說。
「妳們才是跑去哪了！說是要去巡房，結果根本找不到人啊！」
秀悟嚴厲地質問兩人。東野與佐佐木見狀，神情一僵。
「因為……因為佐佐木說一個人巡房很恐怖，我們才兩個人一起從四樓開始巡。對不對？」
東野轉而問向佐佐木，佐佐木一個勁地直點頭。秀悟盯著兩名護士，眉頭深鎖。不知為何，他感覺這兩人的言行舉止有些造作。
「裡面那間病房有病患摔倒，必須立刻治療他。」
秀悟如此一說，東野便聳聳肩，彷彿在說：「原來是這種事，大驚小怪。」
「這裡偶爾有病患到處徘徊，或是不小心睡在地板上。更何況……」
「……新宿11。」
東野話還沒說完，秀悟低聲插嘴。東野閉上嘴，眨了幾次眼。
「您……剛剛說什麼？」
「新宿11，倒下的病患是新宿11，而且他不只是純粹跌倒，腹部正在大量出血。」
東野與佐佐木不自覺發出無聲的驚呼。秀悟見到兩名護士的態度，他能肯定：這兩人一定知道內情。

「妳們知道些什麼吧？那名患者到底是誰？」

秀悟質問道。東野則是畏畏縮縮地張開肥厚的嘴脣：

「不、我們只是……總之先去看看狀況吧。」

東野狼狽地逃向走廊。秀悟拿起托盤，和愛美一起跟在東野身後。

他們一抵達病房，只見東野僵在原地，傻傻地望著那名腹部出血、呻吟不斷的男人。

「這究竟是怎麼一回事？」

秀悟開口追問東野。東野彷彿頸椎關節生鏽，動作僵硬地回過頭。

「這個人是這間醫院的住院患者……」

「這我早就知道了，我是問這名病患為什麼會腹部出血倒在地上？」

「我怎麼可能知道啊！」

東野高聲尖叫，使勁搖頭。

「妳是這層病房樓層的值班護士，怎麼會不知道？」

「……別管我清不清楚狀況，我先幫他打點滴。他要盡快注射點滴才行。」

東野從秀悟手中搶走托盤，接著跪坐在男人身旁，在他的手臂綁上止血帶。

秀悟站在東野身後，默默觀察她設置靜脈管路。東野要將點滴針刺進男人的手背靜脈時，她的動作顯得異常笨拙，完全不像是資深護士。她是為了爭取時間？還是手指因為緊張而發抖？
良久，東野終於設置好管路。秀悟將生理食鹽水的水袋接上管路，點滴開始一滴滴流下。
「那麼，請妳解釋一下。這名病患為什麼會變成這副德行？」
「……我不知道。」東野直接撇開視線。
「妳是今晚的大夜班，原本就負責這層樓，前一個班的護士總會留下交接事項吧？」
「……交接事項裡沒有關於這名病患的紀錄。」
「怎麼可能沒有。這名病患身上留有手術傷口，而且從傷口狀況來看，是最近幾天內留下的。他到底接受過什麼手術？」
東野幾次回答都含糊不清，秀悟的語氣漸漸強硬起來。
「他得了腸阻塞（註4）。」
秀悟聽見背後突然有人插嘴，連忙回過頭去。田所不知何時來到秀悟身後，而佐佐木就站在田所身旁。

註4 Intestinal obstruction，外科常見病症，意指腸內容物不能正常運行及順利通過腸道，腸阻塞不但會引起腸管本身解剖與功能上的改變，甚至可能導致全身性生理上的紊亂。

是佐佐木跑去請田所過來嗎……秀悟瞪著田所。

「前天晚上這名患者突然表示肚子會痛。後來診斷出是缺血性腸疾引發腸阻塞，才為他動了緊急手術（註5），切除數公分已經壞死的大腸。手術是順利結束了……沒想到會發生這種事。」

田所裝模作樣地搖搖頭。

「你說沒想到會發生這種事，你為什麼知道這個病人傷口裂開？」

田所面對秀悟的質問，無動於衷地說：「我當然知道。」

「手術本身很成功，但是這名患者卻在術後出現嚴重的譫妄症（註6），他昨晚也試圖跑下床好幾次，鬧得大家雞飛狗跳。明明已經注射過鎮定劑了……」

田所面露苦笑，繼續說：

「這名患者今天晚上可能也陷入譫妄狀態，才會不小心摔下床，剛好撞到傷口。」

不對，不可能是撞到。傷口的縫線全都是被剪斷的，一定是有人故意扯開他的傷口。

註5　Emergency Surgery，意指為了保存性命、四肢或身體機能，必須立即施行的手術。

註6　delirium，一種急性發作的症候群，主要特徵為意識清醒程度降低、注意力變差、失去定向感、情緒激動或呆滯、睡眠—清醒週期混亂、時而清醒時而昏睡，經常伴隨妄想、幻覺等症狀。

「速水醫生，謝謝你。」

秀悟正要出口反駁，田所忽然朝秀悟深深彎腰鞠躬。緊急照明的燈光照在光禿禿的頭頂，隱隱反光。

「多虧你發現這名患者的異狀，我們才能在狀況惡化之前進行治療。我是主治醫師，而東野是負責這層樓的護士，這是我們的責任，所以就讓我們為他妥善治療吧。」

田所過於謙卑的態度反倒令人反感。秀悟雙唇緊閉，直瞪著田所等人。

這個男人是叫他「不要繼續多管閒事」。秀悟打算緊咬不放，這時卻聽見細碎的腳步聲。

腳步聲？秀悟皺眉。現在五個人都在這裡，怎麼會有其他人？秀悟轉過頭去，臉頰肌肉狠狠一抽。其他人也和秀悟露出相同的表情。

小丑正從電梯那一側的走廊緩緩走來，並且一前一後地大力搖晃持槍的那隻手臂。空氣瞬間凝結。

小丑在距離秀悟等人兩、三公尺外的位置停下腳步，槍口瞄準眾人。

「你們幾個從剛剛開始就吵個不停，到底在幹麼？你們的聲音都傳到一樓來啦。」

「只是小事……不好意思，打擾到你了。」

田所語氣僵硬地說道。

「只是小事？小事能鬧得這麼大聲啊？你們還挺閒的嘛。」

「有一名住院病患從病床上摔下來，受了傷。我們在幫他療傷，不小心吵了點，真的很抱歉。」

田所低頭道歉。小丑凝視田所，瞇起裸露在面具外的雙眼，眼中滿是疑色。

「……治療一個摔傷的大叔，有必要所有人聚在一起嗎？」

「不，其實只有我跟兩名護士就夠了，但是速水醫師太有責任心，堅持要自己治療，所以我們才起了點爭執……」

秀悟聽完田所這番話，不甘心地咬緊下唇。他居然利用這個狀況……小丑冰冷的眼神與槍口隨即指向秀悟。

「喂喂，我說年輕醫生，要聽老前輩的話啊。你就老實點閃一邊去，讓那個禿頭去忙就好了，幹麼鬧到要我出馬的地步？」

「……抱歉。」

秀悟勉強從緊咬的牙間擠出回答。他見到槍口對準自己，實在無力反駁。

「明白了就快滾吧。」

小丑抬抬下巴。秀悟咬緊齒列，邁步返回走廊。愛美也跟隨秀悟離開。

秀悟來到護理站附近，回過頭去，正好看到小丑踏進走廊另一端的電梯裡。田所三人則是待在病房裡，從這裡看不見他們。

秀悟確認小丑的身影消失在電梯之中，接著拉起愛美的手，直接奔進護理站。

「秀悟，要做什麼？」

愛美嚇得瞪圓雙眼。秀悟對愛美說：「等我一下」，接著小跑步來到護理站裡頭的書架前。書架上頭放著數十本病歷表。秀悟睜大眼尋找，不出多久便尋得目標物。

他抽出其中一本病歷表。

〈新宿11〉

病歷表的封面寫著這幾個大字。

第二章

第一名犧牲者

1

「那個……秀悟。」

秀悟聽見愛美呼喚，抬起頭。

大約二十分鐘前，秀悟與愛美回到二樓，兩人移動到透析器的後方。這裡是死角，從樓梯看不到這個位置。接著秀悟坐在鐵椅上，專心閱讀那本標著「新宿11」的病歷表。

「你明白什麼事了嗎？」

「嗯，是看出不少事……」

秀悟闔上病歷，長嘆一口氣。他看完這本病歷表確實得知不少事，但心中也浮現同等數量的疑問。

「根據這本病歷的紀錄，這名男性病患是在前年七月昏倒在新宿車站站內，意識不清。被人送到附近的綜合醫院檢查，當時似乎是診斷為視丘出血，並引發諸多後遺症，左半身麻痺、失語症以及嚴重認知功能障礙。」

秀悟說到一半，發現愛美露出遲疑的表情。

「啊，抱歉抱歉，講太多專業術語妳也聽不懂。說得簡單點，就是那個人當時得了腦中風，留下嚴重的後遺症。」

愛美立刻點點頭：「啊，原來如此，我懂了。」

「他似乎是流浪漢，原本就逗留在新宿車站附近，身上不但沒有證件，後遺症更害得他說不出自己的名字。所以他就在身分不明的狀況下接受一個月左右的治療，等到病況穩定到某個程度之後，才轉院到這間病院。」

「所以他已經在這間醫院住院兩年了呀？」

「似乎是這麼回事。」

秀悟啪啦啪啦地翻看病歷表，點點頭。目前為止的經過沒有什麼可疑之處。

「他雖然留有嚴重的後遺症，但只要有人看護，還是可以正常進食，健康狀況也無大礙。直到前不久……」

「他最近接受過手術，是嗎？」

「前天晚上他突然表示腹部疼痛，接受了緊急手術。醫師診斷病徵為strangulation ileus，這種疾病一般被稱為絞窄性腸阻塞。不過這些只是病歷上的說法……」

秀悟抓一抓太陽穴。

「病歷上的說法……所以你發現了什麼奇怪的地方嗎？」

愛美問道。秀悟則沉重地點點頭。

「是啊，而且是處處都很可疑。」

病歷上並沒有太大的疏失。但是秀悟是一名外科醫師，這份病歷在他眼中看來存在不少疑點。

「首先他是在這間醫院內進行手術，這點本身就相當異常。這間醫院是療養型醫院，是專門讓慢性病患者接受長期治療的醫院，這裡頂多只能進行局部麻醉等級的小手術。但是治療絞窄性腸阻塞的手術需要接受全身麻醉，一般應該轉送綜合醫院進行手術才對。」

秀悟說著，同時回想起一樓的手術室。這間醫院如此老舊，卻備有大醫院等級的設備。而且不知為何，手術室裡擺放著兩組手術台與麻醉機……

秀悟皺起眉頭。他似乎見過類似構造的手術室，但是他一時想不起是在哪裡看過。

「還有什麼奇怪的地方嗎……？」

愛美見秀悟沉默不語，開口問道。

「啊，還有從症狀出現到手術開始的時間太短了。根據病歷上的紀錄，病患表示腹痛大約是晚間十點半以後，執刀開始則是十一點過後。他們在三十分鐘就診斷完畢、決定動手術，接著就直接開刀了。」

「這樣算快嗎？」愛美疑惑道。

「太快了，即使是人手充足的綜合醫院，也必須花上其兩倍的時間來準備。這看起來簡直像是……」

像是事先就預定要進行手術。秀悟眉間的皺褶猛地加深。

「……秀悟？」

秀悟再次陷入沉默。愛美只能不安地窺探秀悟的表情。

「不，沒什麼……然後我還發現一個令人在意的部分。」

秀悟打開膝上的病歷表，病歷表內夾著一份手術紀錄，他低頭閱讀紀錄。紀錄上記載了執刀醫師，以及協助醫師的護理師姓名。

「根據這份紀錄，這場手術中負責執刀的醫師是院長，刷手護理師（註7）是東野良子，流動護理師（註8）是佐佐木香。」

「這……」

愛美細緻的眉頭垮成八字眉。

「沒錯，這些人正好今晚全被關在醫院裡。」

註7 scrubbing nurse，手術室護理師的職種之一，需比照醫師進開刀房前的消毒流程。負責工作為適時遞上器械、牢記開刀流程，以便協助醫師。

註8 circulatingu nurse，手術室護理師的職種之一，負責工作為準備無菌器械、臨時聯絡、應對手術流程中各種緊急狀態等等。

方才倒在三樓病房裡的男人，身上的手術傷口遭人破壞。而現在被監禁在醫院裡的三人都與他的手術有關聯。這只是單純的巧合？又或者是……

「這……究竟是怎麼一回事？」

愛美低聲問道。秀悟搖搖頭，答道：

「我不知道，一切都很莫名其妙。」

「那個……可以讓我看看嗎？」

愛美怯生生地伸出手。

「欸？妳想看病歷表？可以是可以，但我覺得妳應該看不懂上面寫了什麼。」

秀悟將裝著病歷的文件夾遞給愛美。病歷表的內容是以英文書寫專業用語，大部分文字是草寫，非醫療人員可能很難理解上頭的文字。

愛美打開病歷表，神情認真地低頭閱讀，但就如秀悟所料，她沒過多久就面有難色。

秀悟從透析器後方探出頭，查看樓梯間。田所等人似乎沒有下樓，應該是去治療那名男病患了？男病患身上的傷口必須重新縫合，他們非常有可能直接開始治療。

「……咦？」愛美突然疑惑地驚呼。

「怎麼了？」

秀悟拉回目光，便見到愛美手上拿著一張紙片。

「這是什麼呀？」
愛美好奇地看著紙片，歪一歪頭。
「紙張？上頭寫了什麼？」
「好像是名字，還有奇怪的句子，看不太懂……」
秀悟接過愛美手上的紙張，讀完上頭的文字，重複眨了幾次眼。

〈三樓　神崎浩一　山本真之介　新宿11　明石洋子
四樓　池袋8　川崎13　南康生
快去查〉

「這是……」
秀悟的雙眼掃過紙張上的文字，沉聲低喃。
「請問，一般病歷表裡面會夾著這種筆記嗎？」
「不，正常來說病歷表裡面不會有這種東西。可能只是護士隨手夾了張便條……」
秀悟很在意紙張上最後那句「快去查」。
難不成有人看穿我們會來查看這份病歷表？這樣一來，紙張上記載的這些人名……

秀悟緩緩站起身。

「怎麼了嗎？」

「我現在要去樓上，找出這張便條上所有人的病歷表。」

「咦？為什麼要這麼做……？」

「我猜留下這張便條的人很可能是犯人，就是他剪開剛才那名男病患的傷口。那這些人的病歷表裡或許可以查出一些線索。」

「可是……會不會很危險？有必要調查這些事嗎？」

愛美的臉上滿是不安。

真的有必要調查嗎？秀悟自己也不清楚，只是他心中漸漸能夠肯定，現在這間醫院裡發生的事件，絕不只是強盜占據醫院。秀悟勉強扯動臉部肌肉，露出笑容：

「沒問題的，就只是去樓上而已。」

秀悟側眼望向樓梯。沒錯，他只是去找病歷表，而小丑還留在一樓，小丑不太可能有機會攻擊他。他反而比較需要提防……

腦中浮現田所與兩名護士的臉孔。

秀悟想起田所等人剛才的態度，以及「新宿11」的病歷表，他幾乎能夠肯定，那三個人一定打算隱藏某些事。

「可是……」愛美的神情依舊憂心忡忡，欲言又止。

「沒關係，我一個人快去快回……」

秀悟話說到一半，愛美便伸出雙手抓住他的白袍袖口，輕輕搖搖頭，臉蛋上布滿恐懼與擔憂。

「……我知道了，那我們一起去吧。」

秀悟面露苦笑地說出這句話。愛美一聽，用力點頭。

秀悟放輕腳步，登上階梯，並從牆壁的陰影處探看三樓病房樓層的狀況。走廊深處能見到燈光，而且遠比緊急照明還要明亮。燈光的位置似乎是剛才男病患倒下的病房附近。護理站空無一人，他們大概還留在病房內處置病患的傷口。

秀悟向身後的愛美招招手，接著蹲低身子溜進護理站，移動到裡頭的架子前方。愛美隨即跟上秀悟。

秀悟拿著便條比對架上病歷表的書背。如他所料，他立刻就找到與便條名字相符的病歷表。秀悟抽出這些病歷表抱在腰旁，接著與愛美一起離開護理站，前往四樓。

兩人沒有停下腳步，一步又一步登上階梯。他們走進四樓的護理站後，同樣開始尋找病歷表，兩人沒多久就順利找到目標。

這樣就湊齊了。當秀悟正要從架上抽出最後一本病歷表時，身後忽然響起細微的腳步聲。秀悟與愛美渾身一震，同時回過頭。腳步聲毫無疑問是從樓梯的方向傳來。

「這裡！」

秀悟拉起愛美的手躲進藥品櫃的陰影處，接著窺視樓梯間。下一秒，有人沿著樓梯下樓。秀悟的雙眼捕捉到那名人物的身影，不禁倒抽一口氣。

院長室在五樓，所以秀悟原本以為下樓的人是田所。然而眼前的人物頭部卻裹著橡膠面具。

小丑？那個男人為什麼會從五樓走下樓？

秀悟腦中一陣混亂。小丑抵達四樓之後，無視秀悟兩人，直接走向走廊深處。秀悟確認腳步聲逐漸遠去後，這才探出身，提心吊膽地從護理站內窺視外頭。走廊最深處的電梯門敞開，電梯門中間卡著紙箱。那應該是用來阻止電梯門關閉，避免電梯移動到別的樓層。

小丑來到走廊最深處，隨意將紙箱踢進電梯裡，自己隨後搭進電梯。電梯門緩緩關上。

「那個小丑究竟是……？」

愛美一樣看著走廊，喃喃自語。

「……他可能在五樓幹了什麼好事。醫院的電梯只到四樓，所以他才會從四樓走樓梯上去。他應該是搭電梯抵達四樓之後，才沿著樓梯走上五樓。」

秀悟一邊在腦中整理狀況，一邊說道。愛美疑惑地皺起眉頭。

「五樓是什麼地方呀？」

「我記得五樓只有院長室和倉庫……」

秀悟與愛美的視線同時移動到樓梯上方，凝視那片漆黑的深處。

「……那個小丑真的只是碰巧……才跑到這間醫院來嗎？」

愛美低聲自言自語。秀悟聽見這突如其來的發言，「欸」了一聲，望向愛美的側臉。

「因為那個小丑根本沒必要去五樓嘛。」

「話是沒錯……」

「這麼說起來，其實我一直覺得有點奇怪……」

「奇怪？」

秀悟重複愛美的低喃。

「是啊，很奇怪。我現在仔細想想，那個男人朝著我開槍、把我押進汽車之後，好像是直接開往這間醫院，感覺沒有猶豫很久。」

「……也就是說，他一開始就打算來這間醫院？」

「我不太確定，但有這種感覺……」愛美遲疑地點點頭。

秀悟眉間的皺紋湊近了鼻根。假設愛美的話是真的，整起事件將會徹底大翻轉。

秀悟拿起一旁護士搬運器械用的環保袋，將手中的病歷表塞進去。

「那個、要做什麼……？」

愛美見秀悟默默行動，不安地問道。

「我們去五樓吧。」

「咦，去五樓？為什麼？」

「要是事實真如妳所說，那個小丑是懷抱某種企圖才躲進這間醫院，我們最好調查一下他的目的是什麼。」

愛美聽完秀悟的解釋，她的眼神霎時間游移不定，接著神情僵硬地點頭：「……我明白了。」

於是秀悟背起環保袋，提防著周遭狀況並跑出護理站，然後與愛美一起奔上樓梯。

秀悟抵達五樓，緊張兮兮地以雙眼環視四周。短短五公尺左右的走廊盡頭佇立著一扇沉重的鐵門，門上掛著「備品倉庫」的牌子。右手也有一扇門，上頭的牌子則是「院長室」。

秀悟壓低身軀踏進走廊，伸手打算推開備品倉庫的鐵門。不過他一壓下門把，門把便發出「喀」的一聲，強烈抵抗秀悟。門似乎上了鎖。秀悟又拉又推，重複兩三次，鐵門依舊文風不動。

「打不開嗎？」

「是啊，門上鎖了。」

秀悟回答身後的愛美，目光移向院長室的房門。既然倉庫打不開，小丑應該是進了院長室。

秀悟慢慢走到院長室前方，大口吐出氣息，手伸向門把。房門輕易地打開了。秀悟見到門內的景象，幾乎要懷疑自己的雙眼。

七坪半的房間彷彿被龍捲風肆虐過，雜亂不堪。書架上的書四散在地板上，辦公桌抽屜全被抽出來；整片地毯遭人掀起，連沙發都翻了過來。

小丑搜過這間房間了？但他在找什麼？

秀悟手握著門把，愣愣地站在原地。「秀悟。」此時愛美焦急地在他耳邊悄聲說：「有人上樓了！」

「欸!?」

秀悟慌忙地仔細聆聽。如愛美所說，樓梯間傳來些微的腳步聲。

小丑回來了？秀悟臉色大變，不過他馬上就知道自己猜錯了。腳步聲逐漸轉大，隨後樓下傳來男女交談聲。是田所跟東野的聲音。

他們在三樓做完手術處置，正往樓上前進。兩人即便現在跑下樓，也會在途中撞上他們。

秀悟急忙查看四周，但是這裡沒有任何能藏身的地方。腳步聲逐漸逼近。沒辦法了！秀悟抓起放在走廊的環保袋，拉住愛美的手衝進院長室，關上房門。

秀悟和愛美一起移動到房間深處，躲進辦公桌的陰影裡。
「躲在這裡沒問題嗎？」
愛美擔心地問，但秀悟無法回答她。當然有問題，這只是權宜之計罷了。
外頭傳來房門開啟的聲響。秀悟做好心理準備，閉上雙眼。
「……秀悟。」
秀悟聽見愛美的低語，睜開雙眼。愛美將食指靠在脣邊，以眼神示意秀悟看向門口。秀悟從辦公桌的陰影中探出頭。入口的房門依舊緊閉。
秀悟皺起眉，下一秒傳來沉重的「啪鐺」一聲。秀悟頓時理解狀況。
那兩人走過院長室前方，直接進了備品倉庫。秀悟與愛美對看一眼，互相點點頭，接著他靠近門口，將房門打開一條縫，偷窺走廊上的狀況。走廊上不見任何人影。
好機會！秀悟與愛美走出房間，壓低腳步聲前往樓梯。秀悟向下踏一階，忽然停下腳步回頭看。
田所和東野為什麼沒有進院長室，反而去了備品倉庫？鐵門深處究竟藏著什麼東西？
「秀悟，你在做什麼？要快點離開這裡呀。」
「啊、好，抱歉。」
秀悟聽見愛美催促，開始向下走去。然而，某種陰鬱漆黑的事物依舊盤旋在秀悟的胸口中。

2

愛美見秀悟將最後的病歷表放在床上，開口問道。秀悟坐在床上，低下頭大口嘆息後，搖搖頭。

「怎麼樣？」

「這到底是……」

大約三十分鐘前，秀悟與愛美從院長室回到二樓。兩人認為在透析室可能會不小心讓其他人發現病歷表，便轉而移動到值班室。

「明白什麼了嗎？」

愛美坐在椅子上，將身體湊上前。秀悟微微抬起臉，由下而上望著愛美，接著從白袍口袋取出便條紙。

「我現在知道寫這張便條的人，他為什麼要指示我們蒐集這些病歷表了。這七本病歷表的病患之間存在共通點。」

「共通點？」

「首先，所有人和『新宿11』一樣，都是在這間醫院接受手術，而且是需要全身麻醉的大型手術。」

「這很奇怪嗎？」愛美疑惑地說。

「是啊，非常奇怪。我剛才也說過，他們會在這種療養型醫院進行大型手術，原本就非常不對勁。更別說所有人都是緊急手術，例如腸阻塞、盲腸炎、膽囊炎等等。」

「是嗎……」

愛美似懂非懂地點頭。愛美並非醫療人員，她可能不明白這件事究竟有多異常。不過病歷表上頭還記載著其他共通點，像愛美這樣的普通民眾也能理解其異常之處。

秀悟從病歷表中取出七張手術紀錄，遞給愛美。

「妳看看表格最下方的『執刀醫師』以及『護理師』的欄位。」

愛美聽從秀悟的建議，接過記錄用表格緩緩翻看。當愛美翻到第三張，抹著眼影的雙眼瞬間睜大。愛美急忙讀完所有手術紀錄。

「這是……」

愛美看完最後一張記錄，語氣顫抖地低語。秀悟則沉重地對她點點頭。

「沒錯，所有執刀的醫師都是田所院長。不過這間醫院的專任醫師只有田所一個人，還算是合理。最奇怪的是護士的部分，居然只有東野與佐佐木兩名護士參與所有人的手術。」

七張手術紀錄的「醫師」與「護士」欄位上，全都寫著一模一樣的名字。

「假設這些手術紀錄都正確無誤，那所有接受手術的病患都是在夜裡宣稱肚子痛，才由院方進行緊急手術。而正巧當時負責病房的護士是佐佐木，並請東野擔任刷手護理師。」

房間的氣氛逐漸沉重。

「這……不是巧合吧？究竟是怎麼一回事？」

「我不知道。」

秀悟使勁地抓著頭。

「但我們唯一可以確定的，就是田所他們的確隱瞞某些事，而且有個人想告訴我們真相。應該就是那傢伙剪開『新宿11』的手術傷口，並將這張便條夾在病歷裡。」

秀悟晃一晃手上的便條。

「那個人該不會就是那個小丑……？」

「可能是，可能不是。」

秀悟感覺雙眼深處一陣酸澀，揉一揉鼻根。房間內再次充斥著沉默。

「……我們真的能平安重獲自由嗎？」

愛美的呢喃細若蚊鳴。秀悟遲疑片刻，悄聲說：「沒問題的。」但他的嗓音高得連自己都覺得怪異。

他原本以為現在純粹只是歹徒占據醫院並挾持人質，沒想到才過一個小時，事件的全貌天翻地覆。

小丑原本就打算堅守在這間醫院裡嗎？田所等人究竟在這間醫院裡做了什麼？又是誰剪開「新宿11」的傷口，將便條夾進病歷表裡？

秀悟越是思考，腦袋就越混亂。

「……秀悟很善良呢。」

愛美忽然間冒出這句話，露出微笑。她那超齡的豔麗笑容，讓秀悟的心跳漏一拍。

「咦？妳說善良……」

「我是說你面對這種狀況，還努力想讓我安心。不只如此，你還一直盡力保護我。都是因為秀悟待在我身邊，我才能忍到現在。」

愛美雙頰微紅，靦腆一笑。

「不，我們是彼此彼此……」

秀悟話才說到一半，愛美突然臉色一變，按著腹部呻吟：「唔……」

秀悟急忙站起身。

「傷口會痛嗎？」

「沒有，只是刺痛了一下而已，已經好了。」

上。

愛美露出勉強的笑容，明顯是在強忍疼痛。秀悟見狀，將床上的病歷表移到桌子上。

「過來躺下吧。」

「咦？」愛美見秀悟指著床鋪，臉上滿是疑惑。

「要趕快確認傷口有沒有裂開。都是我害妳必須上下樓梯，抱歉。」

「不，沒這回事……是我自己勉強跟上去的，請你別道歉。」

愛美有些畏縮地躺在床上。

「我稍微拉開住院服一下……」

愛美聽見秀悟的話，雙頰悄然染上紅暈，她別開臉，微微點頭。秀悟輕輕甩一甩頭，解開住院服的衣繩，拉開衣襬，露出白皙如雪的肌膚，以及粉桃色的胸罩。秀悟硬是將目光從愛美的胸口移開，專注在上腹部的紗布上。

「我要把紗布翻開來，可能會有點痛，忍耐一下。」

秀悟撕開膠布，將紗布翻開來。他仔細觀察紗布下方的傷口，微微鬆口氣。

紗布雖然滲出些許鮮血，但傷口仍然確實閉合。

「……看起來怎麼樣？」愛美柔弱地問道。

「沒問題，傷口沒有裂開，應該是因為四處走動稍微發痛而已。」

秀悟說著，再次固定紗布。愛美則是露出放鬆的神色。

「謝謝你，還有……那個……」

愛美依舊沒有正眼看秀悟，語氣猶豫不決。

「怎麼了？」

「可以把衣服蓋回去了嗎……我覺得有點害羞。」

「啊、喔喔，當然可以。」

秀悟急忙合起愛美的住院服衣襬。愛美躺在床上，羞澀地綁起住院服的衣繩。

愛美綁緊衣繩，打算撐起上半身，此時她卻突然臉色一變。秀悟伸手扶住愛美的背部，慢慢抬起她的上半身。

「躺平之後要撐起身體，必須用到腹肌的力量，會比較痛。」

「謝謝，那個、我已經沒事了。」

愛美坐到床鋪邊緣，抬頭往上望著秀悟。「啊……」抹上粉色唇膏的雙唇微微開啟，洩漏一絲驚呼。秀悟與愛美的距離極近，目光彼此交織。

雙方的距離近得能感受到對方的氣息，秀悟望著那雙圓潤的大眼，吞一吞唾沫。

「秀……悟……」

喘息般的甜美低喃撫過秀悟的耳朵。

愛美閉上雙眼，臉蛋稍稍傾斜。溼潤的脣瓣吸引著秀悟，他的臉緩緩湊上前。

兩人的雙脣輕觸。一股柔軟、甜蜜，宛如棉花糖的觸感瞬間麻痺腦髓。

下一秒，遠處忽然傳來低沉的喊叫：「速水醫師！」

秀悟睜開眼，從愛美身邊猛地跳起身。

「抱、抱歉！」

秀悟低下頭，急忙開口道歉。

我到底在幹什麼？居然被氣氛沖昏頭，對小自己十歲以上的女孩子出手！還是在這種危險的狀況下！

自我厭惡漸漸腐蝕秀悟的心靈。

「不……那個、請別在意。我也有點呆住……」

愛美抹著粉色腮紅的雙頰更加紅潤。

「速水醫師！你在哪裡啊！」外頭再次傳來雜音。

「呃，那聲音聽起來應該是院長先生吧？要趕快把那個藏起來。」

愛美指著桌上的病歷表。

「啊！對……」

的確該藏起來。秀悟拉開桌子的抽屜，慌慌張張地將病歷表塞進抽屜裡。秀悟關上抽屜，值班室的房門也同時應聲開啟。

「速水醫師，你在這裡呀。」

田所走進值班室，尖銳的目光刺向秀悟。東野與佐佐木也出現在田所身後。

「怎麼了，院長？」
秀悟拚命隱藏心中的動搖，開口詢問。
「我從剛剛就一直在叫你，為什麼不出來？」
「咦？您有叫我嗎？不好意思，我有聽見聲音，但不知道那是在叫我。」
秀悟若無其事地說。田所疑神疑鬼地瞪著秀悟，接著看向愛美，濃密的眉毛皺在一起。
「你們兩個躲在裡面做什麼？」
「……檢查傷口，我在確認傷口有沒有出血或裂開。透析室那種開放空間，病人沒辦法放鬆吧？」
秀悟一時語塞，隨即解釋道。
「……原來如此。」
田所看似無法接受，但他沒有繼續追究。
「所以剛才那位病患的治療已經結束了嗎？他不是流了不少血？」
「是啊，已經處理完了。沒有任何問題。」
「那就太好了。」
秀悟不敢大意，謹慎回答。田所眼神嚴厲，顯然不是特地來告知秀悟病患的病情。
「……速水醫師。」田所的語氣一沉：「你有進過我的房間嗎？」

「嗄？院長的房間？」

秀悟留心自己的舉止，盡可能自然地眨眨眼。

「呃，我記得院長的房間……是在五樓吧？」

「……沒錯，是在五樓。在剛才的幾十分鐘裡，你有沒有進過我的房間？」

田所直盯秀悟的雙眼，再次重複問題。

「不，我怎麼會進去院長的房間呢？我剛才將那名男病患交給院長你們治療之後，一直都待在二樓。對不對？」

秀悟回頭尋求愛美同意。愛美點點頭，說了句：「是啊。」

「真的嗎？」

田所使勁睜開單眼皮，將身體湊上前。秀悟坦然承受他的視線。

「當然是真的。更何況，我們去院長的房間做什麼？」

秀悟如此反問，田所鬆垮的雙頰猛然一震。秀悟見到他的反應就能肯定，這個男人果然隱瞞著什麼祕密。

再說，他們來的也太慢了。自己跟愛美回到二樓之後到現在為止，早就超過三十分鐘。也就是說，田所很可能在寫著那扇標示「備品倉庫」的門後待了不少時間。

那裡面到底有什麼？秀悟縮起下顎，由下而上瞪向田所。

「院長室裡發生了什麼事嗎？」

秀悟見田所沉默不語，乘勝追擊，繼續追問。

「……有人把院長室搞得一團亂。」田所低吼道。

「院長室？被誰啊？」

「我就是不知道是誰才來問啊！」

田所憤恨地對故作訝異的秀悟說道。秀悟的眼神頓時變得尖銳。

「院長，您該不會認為是我弄亂您的房間？」

「不，我並不是這個意思……」

「我到底有什麼理由去弄亂院長您的房間？」

秀悟搶先一步逼問，田所只能扯動嘴唇，沉默不語。

「您一開始應該先懷疑那個小丑，而不是懷疑我吧？」

秀悟指出這一點，田所則是莫名其妙地悄聲說：「小丑？」

「沒錯。那個小丑會闖進這間醫院，說不定並非偶然。」

田所聞言，態度明顯變得狼狽。

「你在說什麼……為什麼那個男人要對這間醫院……」

「我怎麼會知道呢？我只是來這裡輪班的兼職醫師，根本不了解這間醫院呀。」

「是嗎？你真的什麼都……」

田所完全失去冷靜，正打算上前逼問，東野隨即將手放在田所的肩膀上。

田所回過頭，便見到東野以眼神示意。「……啊。」田所悄聲驚呼，擺出愁眉苦臉的神情。

「……所以速水醫師沒有去過我的房間。」

田所的語氣突然變得怯懦。

「我剛才已經說過好幾次了，我根本沒有去過院長的房間。那一定是小丑幹的好事。」

「你說我怎麼啦？」

秀悟聳聳肩說道。而就在同一時間，某處傳來低沉的嗓音。所有人一起望向聲音來源。

在房門外頭，小丑不知何時出現在佐佐木身後。佐佐木發出淒厲的慘叫，逃進房間裡。東野連忙做出相同的舉動。

狹窄的值班室頓時塞滿人。小丑仍舊握著手槍，一一看過室內的每一個人。

秀悟守在愛美身前，狠狠瞪著小丑。

「喂喂喂，你們幾個幹什麼啊？怎麼全閉著嘴？學校老師沒教你們要好好回答別人的問題啊？」

小丑悠然舉起手槍，槍口瞄準田所。

「聽說院長室被人弄得一團亂。」秀悟生硬地說道。

「嗄啊？你說院長室？」

小丑將槍口指向秀悟。秀悟見到漆黑的槍口對準自己，背脊不禁冷汗直流。

「沒錯。就在剛才，院長位在五樓的房間被人翻得亂七八糟。院長似乎懷疑是我做的，我們才起了爭執。」

秀悟舔一舔乾燥的口腔內部，再次重複。小丑眨了幾次眼，「咯咯」地發出含糊的笑聲。

「那是我幹的，是我搞亂那間院長室啦。」

秀悟嚇一跳。他原本以為小丑一定會否認到底，沒想到小丑居然爽快承認自己闖進院長室。

「幹麼呀？你們幾個居然因為這種事吵個不停，真蠢。是我啦，全都是我幹的。」

「你……你為什麼要弄亂我的房間？」

田所問道，語氣中夾雜濃濃的不安。

「為什麼？當然是為了錢啊。」

「錢？」田所訝異地低語。

「對，就是錢。我還能有什麼目的呀？反正到早上之前還有點時間，我想說在這間醫院看看能不能多撈點零用錢，就到處晃了一下。然後我在最上面的樓層發現一個房間，那裡感覺應該會藏著點錢，就四處挖寶。房裡雖然沒挖到現金，倒是在桌子的抽屜裡翻出不少商品禮券，面額還挺多的，收穫還算不錯咧。」

小丑的態度厚顏無恥，看起來甚至愉快得想哼歌。

「那你跑去我房間翻箱倒櫃，就只是想找錢嗎？」

「囉嗦，我已經說了好幾遍啦。」

小丑搖頭否認還有其他目的。而秀悟沒有錯過田所的反應。田所在小丑否認的同時，悄悄地鬆口氣。

「你如果還藏著錢，最好趕快掏出來。我要是看到足夠的錢，搞不好會想馬上走人咧。」

小丑說完，便轉過身去。

「等一下！」

田所突然朝小丑的背後大吼一聲。小丑回過頭，舉槍瞄準田所，田所急忙舉起雙手。

「……這麼大聲是要嚇誰呀？我差點就失手開槍了。」

「抱歉，我只是希望你能聽我說點事情。」

田所舉著雙手，語氣急促地說。

「希望我聽你說？」小丑裸露在面具外的眼睛微瞇。

「對，沒錯。不過在那之前請讓我確認一下。你要是拿到足夠的錢，真的願意馬上離開嗎？比如說在一個小時之內就……」

「……行，只要你能拿出足夠的金額滿足我，我就照辦。」

小丑似乎嗅到金錢的味道，沉聲說道。

「要多少才夠？」

田所放下雙手收起下巴，目光朝上望著小丑。

「……一千萬。假如你能掏出一千萬以上，我就馬上走人。」

田所緊閉嘴脣低下頭，沉默了數十秒。小丑沒有催促田所，靜靜等著他開口。田所緩緩張開肥厚的嘴脣：

「我希望你能來院長室一趟。」

田所一抵達院長室，便拖著傷腳走進房內。

田所說出「我希望你能來院長室一趟。」之後，過了數分鐘，秀悟等人在小丑持槍逼迫下，一起登上樓梯來到五樓。

繼田所之後，佐佐木、東野、愛美以及秀悟一一進到房間裡。小丑則停駐在門口。

田所走到抽屜全數被抽掉的辦公桌旁。

「我照你說的跟過來了，這裡還能有什麼東西？」

小丑慢悠悠地說道。

「在這之前，讓我再確認一次。只要……只要你拿到一千萬以上的現金，你就願意立刻離開這裡，是嗎？」

「對……」小丑收顎點頭。

「……我明白了。」

田所走到房間最深處，當場跪在地板上。這個舉動似乎動到傷腳，田所皺起臉，手指伸進一處普通的木質地板，接著地板發出「喀」的一聲，地板之間忽然彈出一支小把手。田所以指尖抓住把手，使勁一拉，扳起一塊約五十平方公分大小的木質地板，地板下方露出一個小金庫。田所從褲子口袋取出鑰匙串，將其中一把鑰匙插進金庫的鑰匙孔。開鎖的聲響震動了寬廣房間中的空氣，顯得特別響亮。

田所緩緩打開金庫，雙手伸進內部，取出一個小型波士頓包，並拉開拉鍊。秀悟早已料到波士頓包裡有什麼，但他還是不自覺倒抽一口氣。手提包裡塞滿一把把的鈔票，數量驚人。

田所拉開手提包的開口，並將開口朝向小丑。

「這裡有三千萬日圓。這些錢可以給你，所以你現在就給我離開醫院！」

田所面容扭曲，高聲大喊。

只見小丑不發一語，舉著槍恐嚇秀悟一行人，並且慢慢移動到房間內。田所則是露出討好又欲哭無淚的表情。小丑低聲說一句：「放開。」田所放開手提包，急忙退到後方。

「這錢怎麼來的？」

小丑窺視金庫內部，語調平板地詢問田所。小丑得到一大筆錢，語氣卻聽不出一絲喜悅。

「那是、該怎麼說……是我的私有財產……」

田所支支吾吾地說道。

「私有財產，所以你是要把自己的錢交給我呀？真大方。」

小丑語帶譏諷地說完，突然將槍口對準田所。田所立刻以雙手護在臉前。

「快、快住手！錢已經給你了，求你趕快帶著那袋錢離開吧。」

「怕什麼，我是在稱讚你呀。你居然願意自己出錢保護其他人的安全。」

「當、當然了。我是這間醫院的院長，我有責任維護醫院裡所有人的安危。」

田所縮著身軀說道。下一秒，小丑抓起槍托用力砸向牆壁，巨響撼動房內。

「少鬼扯了！維護醫院所有人的安全？你這混蛋根本完全沒考慮過那種鳥事吧！」

小丑忽然間放聲怒吼。秀悟吃了一驚，瞪大雙眼。

「不是，我真的是為了其他人……」

田所怯懦地低聲反駁，只見小丑抓起槍托又是一敲。這一敲就彷彿是打在田所身上，他渾身抖個不停。

「廢話少說，給我老實回答。這個金庫裡除了錢應該還有其他東西！」
「只有錢，裡面真的只放了錢而已！請相信我！」
「鬼才信！你把金庫裡的東西藏到哪去了！說！快說啊！」
小丑面具的嘴部口沫橫飛，怒吼不斷，簡直像是發瘋似的。他雙眼爬滿血絲，大步走向田所，槍口抵住田所的額頭。
「怎麼不說話！快說，金庫裡的東西藏在哪裡？要不然……」
小丑的食指扣在扳機上。他要開槍了！秀悟這麼斷定，不自覺閉上眼。
「不行！」
清亮的嗓音響徹整間房間。
秀悟睜開眼瞼，目瞪口呆地看向開口大喊的那名人物——身旁的愛美正狠狠瞪著小丑。
「……妳說啥？」
小丑猶如野獸般地低吼，並且瞪向愛美，槍口仍舊指著田所。愛美臉色發青，肩膀微微顫抖，但是她堅決直視小丑。
「我、我是不知道、究竟發生什麼事。可是你不能開槍，拜託你！」
愛美呼吸凌亂，斷斷續續說著。
「……跟妳無關。既然什麼都不知道，就給我滾一邊去。」

小丑威脅道，不過他看起來似乎漸漸恢復平靜。

「因、因為、你剛才不是說過殺了人會被判死刑，所以你不想殺任何人嗎？那就不要殺人，求求你，我什麼都願意做……」

愛美面色慘白，苦苦哀求道。小丑的指尖仍舊扣在扳機上，凝視著愛美。

房內的氣氛異常緊繃，隨時可能一觸即發。秀悟或許是緊張過度，視野中的遠近感不翼而飛，小丑那張醜惡的笑容彷彿緊逼著自己而來。

小丑忿忿地嘖了一聲，放下持槍的那隻手臂，房內的緊張氣息頓時放鬆下來。秀悟方才緊張地幾乎忘記呼吸，此時才一口氣吐出肺中囤積的空氣。田所當場滑落倒地。

小丑又嘖了一聲，拿起裝著錢的手提包，大步走向出口，離開房間。

「院長！」

當小丑消失在門口的瞬間，東野飛奔至倒下的田所身旁，佐佐木也急忙跟上東野。

「……太好了。」

愛美虛弱地低喃，身體一陣搖晃。秀悟連忙伸手擁住愛美的肩膀，撐住她的身子。

「沒事吧？」

「我沒事，只是突然全身沒力。不好意思，讓你見笑了。」

愛美無力地笑一笑。

「沒這回事，妳很勇敢。」

秀悟是真心讚美她。那一瞬間，秀悟自己完全動彈不得。反倒是愛美，她明明幾個小時前才被那個男人開槍射傷，親身體會過那份恐懼，卻是她扭轉最糟糕的局面。那份異於外貌的強大令秀悟驚訝不已。

「院長！院長！」

秀悟聽見東野的呼喚聲，支撐著愛美的身軀，同時看向房內。差點死在槍下這件事似乎帶給田所不小的精神打擊，他現在仍然有如軟體動物一般，無力地癱倒在地。

「總而言之，現在先讓愛美小姐和院長去病床上休息吧。哪裡還有空的病床？」

秀悟見東野與佐佐木還在院長身旁慌忙無措，便這麼對兩人說道。兩名護士互看一眼，開始小聲商量起什麼。

「……那個、只有一樓才有治療用的病床，不過一樓還有小丑在……三、四樓的護理師休息室裡的話只有沙發……」

東野縮起臃腫的脖子，這麼說道。

「……那就只剩下透析用的病床，帶他們到二樓休息吧。」

秀悟當然想盡可能遠離小丑占據的一樓，不過那個男人不會乖乖待在一樓，還能利用電梯在醫院各處行動，他們不管待在哪裡都一樣危險。

東野遲疑數秒，點頭回答：「我明白了。」接著便和佐佐木一起撐起昏厥的田所。

「那我們走吧。走得動嗎？」

秀悟輕聲詢問愛美。

「可以……不過可能要請秀悟借我一下肩膀。」

愛美淡淡一笑。

3

愛美的病床旁放著一張鐵椅，秀悟坐在鐵椅上輕搔鼻頭。而他向前望去，田所躺在病床上，兩名護士則是神情憂愁地站在他身旁。秀悟待在透析室裡，田所的病床則是在樓梯附近，雙方相隔十五公尺左右。當時護士們拚命撐起田所高大的身軀，走下樓梯，將他安置在最靠近樓梯的病床上。秀悟與愛美看護士們安置完田所，便選擇最裡面的病床安頓下來。

秀悟能夠肯定，田所等人確實隱瞞了某些事，小丑會闖進這間醫院也和那些「祕密」有關。

田所似乎從打擊中恢復過來，他躺在床上與護士們交談。三人刻意壓低音量，對話內容並未傳進秀悟耳中。

秀悟有點在意佐佐木的舉動。她的眼神似乎不時飄向秀悟的方向。

「……秀悟。」

秀悟聽見愛美呼喚，望向病床上的她。

「怎麼了？腹部會痛嗎？」

「不會，我還好。比起我，你覺得在院長室的那個時候，小丑為什麼會那麼生氣呢？」

愛美低聲問道。

「……不知道，不過我認為那個小丑會闖進這間醫院，的確不是巧合。」

「那個小丑……好像在找什麼東西？不是錢就是了。」

愛美看向田所一行人。佐佐木正好望向兩人，又急忙轉過頭。

「是啊，而且院長可能知道那個小丑在找什麼。」

「那東西和那幾本病歷表裡的紀錄有關係嗎？」

秀悟聽愛美一說，開始回想七名患者的手術內容。

「……大概吧。」

秀悟重振思緒，打算在腦中整理這間醫院今晚發生的種種。

小丑男、七名病患、上鎖的倉庫、祕密金庫……腦海裡飄浮著各式各樣的零件，但卻缺少決定性的要素，好將這些零件組合在一起。

田所與東野繼續交頭接耳，佐佐木站在一步之外，依舊側眼偷瞄兩人的方向。秀悟與佐佐木對上視線。

佐佐木隨即低下頭，並且慢慢離開田所的病床，一步步走向兩人。田所和東野似乎討論得相當專注，完全沒注意到佐佐木的舉動。

「……院長的狀況如何？」

秀悟見佐佐木來到兩人身邊，先發制人，隨口問無關緊要的問題。

「院長應該已經沒事了。讓您費心了。」

佐佐木的態度仍舊顯得畏畏縮縮。秀悟的眼神掃過佐佐木全身。這名外表陰沉的護士主動靠過來，究竟打著什麼主意？秀悟猜不透她的心思。

「所以，妳找我們有什麼事嗎？」

「沒有，我只是想關心一下那邊那位女病患的傷勢……」

佐佐木被秀悟這麼一問，隨即低下頭，回答的聲音小得幾乎聽不見。

「您說我嗎？我還好，傷口還有一點痛，但是沒太大問題。不好意思，勞煩您費心了。」

愛美指著自己，縮一縮脖子。佐佐木則凝視著愛美。

「那個、我怎麼了嗎？」愛美仍舊縮著脖子，困惑地問道。

「不，沒什麼……不好意思。」

佐佐木上一秒打算走開，下一秒似乎又反悔，靠近愛美耳邊悄悄說了些什麼。

「咦？那個……妳的意思是？」愛美疑惑地皺起眉頭。

「不，還是沒事了，請別太在意。不好意思，說了奇怪的話。」

佐佐木深深低頭鞠躬，幾乎能看見她的後頸，接著小跑步離開病床。秀悟望著她的背影，內心感到莫名其妙。他直到最後仍然搞不懂佐佐木為什麼要接近他們。

「她說了什麼？」

秀悟轉頭問向愛美，愛美同樣露出不解的神情。

「不，我也聽不懂。她好像說什麼『還有一個人』、『小心院長』之類的。」

「還有一個人」？「小心院長」？到底是什麼意思？

佐佐木走回田所病床附近，但是兩人依舊一臉嚴肅地交談，佐佐木似乎不敢插嘴，只能愣愣地站在原地，無事可做。

佐佐木呆站數十秒，這次又偷偷摸摸地走向樓梯，慢慢走上樓。

她到底要去哪裡？她是因為現在稍微平靜下來，打算去檢查住院病患的狀況嗎？

秀悟聽見病床擠壓的聲響，他回過頭查看。愛美趁他不注意的時候打算下床。

「怎麼了嗎？」

秀悟問道，愛美則是含糊地說一句：「沒有，我有點事……」並且穿上鞋子。

「咦？妳要去哪？」

「那個……我馬上就回來……」

愛美閃爍其詞的回答令秀悟感到一陣不安。

「一個人走動很危險，我也一起去吧。」

「不，這可能沒辦法……」

「剛才妳明明那麼害怕單獨行動，突然間怎麼了？不會是因為那位護士說了什麼吧？」

愛美難不成是想跟在佐佐木後面？

「不，跟護士小姐沒關係。我只是覺得秀悟最好不要跟來……」

「那至少告訴我妳要去哪裡。不然的話……」

「洗手間……」

愛美細若蚊鳴的低喃，硬生生打斷秀悟堅決的話語。秀悟傻傻地吐出一個字：

「嗄？」

「我是說，我想去洗手間！請不要跟過來，這樣太害羞了。我馬上就回來！」

愛美滿臉通紅地說道。

「呃，這……那就、請慢走。」

「……不理你了！」

愛美鼓起雙頰，大步走向幾公尺外的房門，接著消失在門口外。那扇門後只有值班室和廁所，應該不會碰上什麼危險。

不小心惹惱她了啊。秀悟掛著抽搐的笑容，看向田所與東野。腦中憶起佐佐木的低語。

「還有一個人」，以及「小心院長」。

佐佐木會不會是打算告誡他們什麼事？但又在開口前一刻打消念頭……這麼一想，佐佐木剛才的舉動似乎相當合理。

秀悟幾乎是下意識站起身，走向田所的病床。當秀悟一靠近病床，田所與東野便停止對話，抬頭看向秀悟。

「速水醫師，有什麼事嗎？」

田所露出笑容，但一眼就能看出他是裝出來的。田所的表情頓時令秀悟勃然大怒。

「您究竟隱瞞著什麼？」

秀悟打開天窗說亮話，直接拋出問題。田所與東野的表情肌肉猛地一抖。

「隱瞞？你在說什麼？」

田所仍然掛著笑容，臉頰卻完全僵住。

「我才想請問您在說什麼。那個小丑在找錢以外的某樣物品，那傢伙到底在找什麼？那傢伙到底有什麼企圖？」

秀悟不斷追問，田所的笑容彷彿退潮似的消失無蹤。

「你問這個問題很奇怪。那個男人腦袋有問題，我怎麼會知道他有什麼企圖？」

「不，院長，您一定知道那個小丑的企圖。」

秀悟將臉湊近田所。病床上的田所則緩緩退後。

「那個小丑腦袋很正常。他說自己是搶劫失敗才闖進這間醫院，可是他一定是在說謊。那傢伙一開始就計畫好要躲進這間醫院，為了尋找一樣東西，那就是您剛才拚死也要藏起來的『某樣東西』。」

秀悟來回望著田所與東野。兩人仍然緊閉嘴巴。秀悟從兩人堅決的態度就能看出，他們似乎不論發生什麼事都堅持保守「祕密」。秀悟憤慨地繼續說下去：

「剛才倒在三樓的男病患，是不是與那個人有關？」

田所與東野的表情瞬間掠過一絲動搖。

秀悟思考接下來的手段。「新宿11」等七名病患接受過奇怪的手術，他是不是該直接揭穿這件事？但似乎還不需要逼到這種地步。田所剛才差點被槍殺，卻仍堅持不肯說出「祕密」。他們要是知道自己看過七名病患的病歷表，不知道會做出什麼舉動。

至少在現階段，他想避免與田所等人決裂。現在最重要的是讓所有人平安無事迎接早晨，而非釐清「祕密」的真相。

秀悟與兩人互相瞪視，誰也不動。膠著的氛圍一點一滴折磨身軀。

「秀悟？」

此時，秀悟忽然感覺有人拍了自己的肩膀，他嚇得發出無聲的驚呼，回過頭去。愛美正疑惑地站在他身後。

「別、別嚇我啊……」

秀悟右手按住胸口，試圖壓抑亂跳的心臟。他太注意田所等人，完全沒發現愛美靠近。

「我又不是故意的……」愛美不滿地噘起雙脣。

「呃、抱歉，我只是嚇了一跳……」

秀悟急忙解釋。愛美的出現緩和了緊繃的氣氛。田所與東野也露出茫然神色。

「我們回那邊去吧。」

秀悟對愛美提議。

「那個、呃……妳是川崎小姐吧？」

田所語帶遲疑地叫住愛美。

「是，有什麼事嗎？」

愛美停下腳步，此時田所突然用力低下頭，將光禿的頭頂朝向秀悟兩人。

「剛才真的非常謝謝妳救了我。」

秀悟見到田所做出預料之外的舉動，眨眨眼。愛美則是在胸前揮舞雙手，低聲說：「不、別這樣……」

「幸虧妳出聲阻止，小丑才沒有對我開槍。妳是我的救命恩人，真的很謝謝妳。剛才我一直想著要向妳道謝，但怎麼也找不到機會。」

田所沒有抬起頭，不斷訴說自己的謝意。

「別這麼說，我只是下意識叫了出來而已，您不需要道謝……請把頭抬起來吧。」

愛美一臉為難，緊接著連東野也低下頭。

「也請容我向妳道謝。真是非常感謝妳救了院長一命。」

「那個……真的不需要這個樣子……」

愛美求助似的望向秀悟。秀悟則是聳聳肩，面露苦笑。此時，樓梯的方向忽然傳來腳步聲。是佐佐木回來了嗎？秀悟隨意看向樓梯，頓時僵住臉。

愛美小聲發出驚呼，田所與東野則是大口屏息。小丑正一步步走上樓。

一樓連接二樓的樓梯間明明用鎖頭鎖住了，他是特地打開鎖上樓嗎？

「……有何貴幹？」

秀悟將愛美護在身後，緩緩開口問道。不過小丑的態度顯然不若以往，他沒有再做出輕佻的回答。秀悟面對變一個人的小丑，心跳漸漸加速。

「沒什麼，我只是想打發時間。反正到早上之前時間多的是。」

小丑緩緩瞇起眼。不祥的預感頓時爬過秀悟的背脊。

「打發時間？什麼意思？」

「跟你無關。」

小丑沉聲說道，將手槍指向秀悟。

「滾開，我有事要找你後面那個女人。」

小丑舉著手槍，逐漸逼近。秀悟站在愛美身前，咬緊牙根。

「你找她要做什麼？」

「我就說跟你沒關係。趕快滾蛋，不然……我要開槍了。」

只見小丑的手指扣上扳機，緊張情緒隨即爬滿秀悟全身。此時身後的愛美輕輕一晃，走到秀悟面前。秀悟急忙想再上前護住愛美，但槍口筆直對準秀悟，制止他的行動。

「你、你找……你找我有什麼事？」

愛美的聲音有些嘶啞，仍然堅強地說道。小丑舉槍制止秀悟的動作，同時走上前，臉湊到愛美面前，以眼神舔拭愛美的全身。

「剛才妳的態度倒是挺囂張的嘛。妳剛剛說了什麼來著？『我什麼都願意做』，是吧？膽子不小啊。」

小丑嘲弄似的說著。愛美咬緊下脣，低頭不語。

「所以我稍微想了一下。既然妳什麼都願意做，那我就麻煩妳做一件事好了。」

小丑伸出左手，撫過愛美的烏黑長髮。

「……什麼事？」

愛美撇過頭去，悄聲回問。

「妳就來陪我打發時間，直到早上為止。」

「陪你……」

恐懼扭曲了愛美的表情。下一秒，小丑伸出左手一把抓住愛美的手腕。

「妳也不是小鬼頭了，知道我的意思吧？我叫妳到一樓來，好好滿足我一整個晚上！」

「不要！放開我！」

愛美扭動身軀掙扎，無奈小丑十分強壯，他甚至愉悅地享受她的抵抗。

「行啊，隨妳想怎麼掙扎就怎麼掙扎，這麼做比較有趣。」

小丑此話一出，下一秒，秀悟奮力蹬地。

腦海深處噴發炙烈的怒火徹底燒盡理智。他現在只想擊倒眼前的小丑，救出愛美。

秀悟因激憤而變得狹窄的視野中央只映出小丑的身影。小丑回過頭來，瞪大雙眼。秀悟緊握的拳頭直接打中小丑的側臉，然而就在下一秒，一股衝擊狠狠撞上秀悟的左太陽穴，秀悟眼前頓時一片空白。

他不知道究竟發生什麼事。只聽見遠處傳來一聲吶喊：「秀悟！」那是愛美的聲音。

鞋子緩緩踏進迷濛的視野中。秀悟的視線順著那鞋子緩緩上移。小丑正在查看自己的臉，秀悟察覺這點之後才赫然發現，自己現在倒在地板上。他出手揍了小丑，同一瞬間小丑似乎用槍托猛敲自己的側頭部。

秀悟想以雙手撐起身體，但是腦部與身體連接的神經彷彿斷了線似的，全身使不出力。

那一敲引發腦震盪，自己暫時無法正常行動。秀悟做為醫師的經驗正確掌握自己的狀態。絕望漸漸吞噬了心靈。

他沒辦法拯救愛美。再這樣下去，愛美會淪落為小丑的玩具。

「混蛋，你還真有膽啊。」

小丑俯瞰著秀悟，將槍口瞄準他。秀悟的意識與目光緊盯著槍口。

「快住手！」

小丑漸漸扣緊扳機，就在同時，某處傳來愛美的聲音。秀悟操控唯一能自由運作的雙眼尋找愛美的身影，卻始終找不到她。

「你說什麼我都照辦，拜託你不要殺他。」

愛美扼殺自己的情緒，語調死板地說道。秀悟想大喊「不行！」但是他的舌頭僵硬，無法出聲。小丑一聽，原本因狂怒齜牙咧嘴的脣邊逐漸展露笑意。

「喂，聽到了嗎？這女人似乎改變主意，自願陪我玩一個早上呀。」

小丑的台詞充滿濃濃的嘲諷。憤怒似乎隱約連接腦袋與身體。秀悟顫抖著手，伸向小丑的腳。那隻腳彷彿要逃開秀悟的手，大大向後拉開。

「你就好好睡你的大頭覺吧。」

此話一落下，拉開的鞋尖猛地踢向秀悟的臉。秀悟甚至無法眨眼，只能眼睜睜望著這幅光景。

秀悟的意識伴隨一聲沉重的撞擊聲，落入黑暗之中。

他聽見女人的聲音。

是愛美？不、不對，這聲音聽起來是年長的女人。

「……醫師，速水醫師！」

意識漸漸清醒過來。秀悟睜開眼瞼，日光燈正散發著潔白的光亮，出現在視野之中。強光刺得秀悟瞇起雙眼。

「這裡是……？」

他低喃道。下一秒，一陣痛楚竄過頭部。秀悟皺起臉，試圖弄清楚現在的狀況。視野一角出現東野的部分臉部。秀悟這才發現自己倒在地上。

「你醒了？你知道自己在哪裡嗎？」東野問道。

「哪裡？這裡是田所醫院，然後……」

秀悟說到一半，這次輪到田所的臉進入視野之中。他這才發現自己似乎是躺在地板上，而兩人正俯視著他。

「意識似乎無大礙，你還記得發生了什麼事嗎？」

東野再次詢問。

發生了什麼事？他記得有個小丑闖進醫院裡，然後那傢伙帶來一名受傷的女子……他要我為愛美……愛美!?

秀悟使勁睜開雙眼，猛地撐起上半身。暈眩與頭痛瞬間掠過頭部，但是他現在顧不了那麼多。

「愛美呢？她在哪裡！」

秀悟放聲大吼，東野與田所同時垂下雙眼。兩人的態度一目瞭然，小丑帶走了愛美。秀悟的腦中瞬間清晰起來。

「我昏倒多久了？」

秀悟一把抓住東野的手臂，大喊道。

「……大概五分鐘左右。」

東野仍舊撇開視線，悄聲答道。五分鐘，只過了五分鐘，那說不定還來得及。秀悟站起身，眼前忽然一陣搖晃，膝蓋頓時一軟。東野與田所急忙撐住險些倒下的秀悟。

「不要勉強，你現在出現腦震盪的症狀，要再多休息一下呀。」

東野有如安撫孩子的母親，柔聲說道。
「休息？那傢伙帶走了她啊！」
秀悟吼道。東野垂下唇角，沉默不語。
「要趕快去救她……」
秀悟甩開兩人的手臂，打算走向一旁的樓梯。但是他的雙腳彷彿踩在雲霧之上，搖搖欲墜。煩躁灼燒著他的心頭。
「……這也是沒辦法的事呀。」
東野低聲喃喃自語。秀悟一聽，憤慨地扭曲嘴唇。
「什麼叫做沒辦法！妳是什麼意思！」
「就是字面上的意思。我當然也覺得她很可憐，但是對方拿著手槍，而且又不是被殺掉……」
秀悟幾乎是下意識揪住東野的白衣衣領。
「反正她不會被殺死，就可以任小丑為所欲為嗎！她是我的患者，我絕對會救她！」
東野粗魯地揮開秀悟的手。
「所以你說要怎麼救？假如我們救得了她，我們當然也想救啊！我們也很難過呀，少在那裡耍帥了！」

秀悟聽完東野的話，咬緊下脣。犬齒刺進嘴脣，咬破了一小塊。刺痛伴隨著擴散開來的血腥味，瞬間竄過口中，稍微冷卻沸騰的腦袋。

現在沒時間與東野爭執，他要趕緊思考如何救出愛美。

那個男人不但有槍，體力也夠。自己現在還留有腦震盪的後遺症，不可能敵得過他。是否該尋找能夠充當武器的東西？但是有什麼武器能與手槍相提並論……

想啊！快點想！要怎麼做才能救出愛美？

「速水醫師，很遺憾，現在只能……」

田所怯生生地開口搭話。

吵死了！不要煩我！秀悟瞪向田所，此時腦中忽然迸出某樣物品的模樣。

「……智慧型手機。」秀悟悄聲說道。

「嗄？」

田所正疑惑地瞇起眼睛，秀悟便一把抓住田所的雙襟。田所隨即露出害怕的神情。

「你、你要做什麼!?」

「智慧型手機！把我的智慧型手機還給我！」

秀悟激動得口水四散，焦急地說道。

「智慧型手機？為什麼需要那東西？」

「我現在沒時間解釋！快點！」

秀悟前後猛搖田所的身體，田所的頭部跟著用力搖晃著。

「我、我明白！我明白了，快放開我……」

秀悟聽見田所的話後，放開手。田所大嘆一口氣，伸手打算調整白袍的衣領。

「快點給我！」

秀悟的怒吼震得田所渾身一抖，急忙將手伸進白袍的口袋，拿出秀悟的智慧型手機。

秀悟朝田所伸出手，但田所卻沒將智慧型手機遞過去。

「你到底要用這東西做什麼？」

「這你別管，快點還給我。」

秀悟逼近田所，田所卻將抓著智慧型手機的那一手藏到背後。

「你該不會打算報警吧？」

「廢話少說，快還我！」

秀悟的嘶吼震動空氣，但是田所沒有退縮。

「你要是打算報警，我就不還你。告訴我，你要用手機做什麼？」

「反正我根本沒辦法用手機報警！因為從剛剛開始手機就一直沒有訊號！」

田所聽見秀悟的解釋，瞪大雙眼，並將手機拿到眼前。秀悟趁著這瞬間，一把搶走智慧型手機。

秀悟確認手機訊號。液晶螢幕果然還是顯示「無訊號」，根本派不上用場，但他只能賭一把了。

秀悟下定決心，邁開步伐走向樓梯。他的雙腳稍微使得上力了。

秀悟小心翼翼走下樓梯，避免踩空。轉過樓梯轉角，就能看到樓梯口的鐵柵欄，門欄緊閉。外來病患等待室的燈光已經熄滅了。

「給我出來！」

秀悟來到樓梯最下階，抓住鐵柵欄放聲大喊。單就鐵柵欄的可見範圍內，完全找不著小丑與愛美的身影。他以全身的力氣搖晃鐵柵欄，「鏘鏘鏘」的噪音響遍四周。

「我叫你出來！不然你就等著倒大楣！」

秀悟嘶聲力竭地吼叫。腦中不斷湧上最糟糕的狀況，他拚命甩開這些想法，不斷咆哮。

他持續喊叫一分多鐘之後，某處終於傳來細小的腳步聲，隱隱撥動耳膜。秀悟閉上嘴，放開鐵柵欄並向後踏上一階樓梯。小丑隨後出現在鐵柵欄內部。

「吵死了，幹什麼啊？這不是害我沒辦法專心享受嗎？」

小丑抓著手槍，同時調整鬆開的皮帶。秀悟感覺全身血液瞬間倒流。

「她……她沒事吧？」

秀悟從喉頭擠出這句話，小丑則是輕笑幾聲。

「我才正要開始。等我把你趕回去之後，我們就能一起度過愉快的夜晚啦。」

「……她在哪裡？」

「她現在可是下面溼到不行，在裡頭的床上等著我回去咧。好了，你就給我老實待在樓上，這樣就不會死人了。我會好好疼愛那個女人。」

小丑語帶調侃地說。秀悟差點又要衝動撲上前揍人，他咬緊牙根，死命忍耐著。

「……把她帶過來。」

秀悟狠瞪著小丑，緩緩說道。小丑渾濁的笑聲戛然而止。

「……你在說什麼鬼話？」

「我叫你把她帶過來。現在、立刻帶來。」

秀悟此話一出，小丑同時將手槍指向秀悟。

「誰准你命令我，現在下令的人是我！你只能乖乖聽從我的指示！」

「……把她帶過來。」

秀悟重複同一句話。小丑的口中傳出咬牙的聲響。

「混蛋，你給我搞清楚狀況，你就這麼想吃子彈嗎？」

小丑的手指搭上扳機。秀悟拚命壓抑心中的恐懼，亮出手中的智慧型手機。小丑的目光立刻落在手機上。

「那什麼東西？」

「這是智慧型手機，看就知道了吧？我的高中同學是警察，我給那傢伙寫了一封簡訊，告訴他有強盜躲在這間醫院裡。」

「你說什麼！」小丑瞪大雙眼。

「放心吧，我還沒傳出去。但是我現在只要碰一下按鈕，簡訊就會發出去，到時候就會有大批警察包圍這個地方。假如你不希望我這麼做，你現在就立刻帶那女孩過來。」

秀悟望向智慧型手機的畫面。螢幕只顯示著一般的待機畫面，秀悟口中那封打好的簡訊、有同學在當警察，全都是謊話。更何況現在手機完全收不到訊號，他根本沒辦法傳簡訊。

秀悟吞一口唾沫，靜靜等待小丑的回應。假設手機收不到訊號這件事是小丑搞的鬼，這招虛張聲勢可能不管用。儘管如此，秀悟現在只能硬著頭皮試試看。

令人屏息的沉默持續了數十秒，小丑終於緩緩開口：

「……我可以在你按下按鈕之前就一槍斃了你。」

上鉤了！秀悟聽見小丑的回答，在心中暗自歡呼。

「我就算中彈，死前還是能傳簡訊的，你可以試試看。」

秀悟出言挑釁，小丑則是大聲咂嘴。

「開什麼玩笑！我一開始就說過，你們要是敢報警，我就幹掉醫院裡的所有人。你不在乎嗎？」

秀悟正面承受小丑銳利的目光。

「你要是辦得到就儘管下手，我死也會拖你下海。到時候你的下場不是被警察當場射殺，就是在看守所關上幾年，然後給人吊死。」

「……你瘋了嗎？」

秀悟的魄力似乎嚇住小丑，小丑語帶遲疑。

「不用管我有沒有瘋。只要你不把那女孩帶過來，我就報警，拖著你一起下地獄。看你是想放了那女孩，還是眼睜睜看我報警，隨你怎麼選！」

秀悟一口氣吼完，一邊調整凌亂的呼吸，一邊靜待小丑的反應。小丑惡狠狠地瞪著秀悟，嘲弄似的扯一扯嘴脣。

「……你看上她了嗎？」

「你在說什麼？」小丑的一句話趁虛而入，秀悟隨即皺眉。

「不然你何必為了一個今天剛認識的女人拚命？你是迷上那女人了吧。」

我愛上愛美了？秀悟捫心自問。自己為什麼拚死也想拯救愛美？是因為柔弱的女性即將在自己眼前遭人蹂躪？還是因為自己治療過她？又或是……秀悟想不出答案。

「哈，那女人確實長得挺不錯，但也沒什麼特別。不過是一個隨處可見的女人，我看你要是在路上跟那女人擦身而過，你根本不會特別回頭看。」

「……那又如何？」

「我是說那女人不值得你拚上性命啦。你是在不尋常的狀況下遇上那女人，所以才會感受到一種命中註定的感覺，瘋狂迷戀那女人。你對那女人的感情不過是幻想罷了。」

小丑說到這裡，勾起單邊嘴角。

「不管那女人有什麼悽慘的下場，你都不用負責。所以你就乖乖回樓上等著吧。」

秀悟舉著手機，持續與小丑對峙。

「……你想說的就只有這些嗎？」

秀悟的語氣死板枯燥，不帶任何情感。小丑聳聳肩，答道：「沒錯，就這些。」

「那麼限你一分鐘之內把她帶過來，超過時間我就發簡訊。我不是單純威脅你而已，就只等你一分鐘。」

小丑原本勾起的嘴脣一翻而起，惡狠狠地露出牙齦。

「混帳東西！」

小丑怒罵一聲，轉身離去。秀悟仍然在原地等待，不敢大意。時間的流速彷彿變得特別緩慢。

一分鐘差不多快到了。正當秀悟這麼心想，稍遠的位置傳來腳步聲，有人小跑步地跑了過來。秀悟的手再次搭上鐵柵欄。

「秀悟！」

伴隨這聲呼喚，愛美出現在鐵柵欄的另一側。秀悟一見到她的臉，神色頓時一變。愛美的左臉泛紅，腫了起來，顯然是被人毆打過。

「愛美！」

秀悟不自覺直呼愛美的名字。愛美雙手伸過鐵柵欄，緊緊抱住秀悟。愛美的體溫、氣息、髮絲貼上臉頰的觸感，這一切是那樣令他眷戀。

「妳沒事吧？」

秀悟問道，愛美則是緊抱著秀悟，點頭如搗蒜。

「可是妳的臉……」

秀悟稍微拉開距離，伸手撫上愛美紅腫的臉頰。

「那個男人把我壓在床上的時候，我拚命掙扎，所以他打了我。不過沒關係……秀悟來救我了。」

「喂、你們要在那邊演偶像劇演到什麼時候？」

某處忽然傳來低沉的嗓音，秀悟跟愛美同時僵住。小丑不知何時站在愛美身後三公尺處。

「我照你說的把女人帶來了，這樣你就不會報警了吧。」

「還沒，等我真正確保她的安全再說。」
秀悟放開愛美，再次將智慧型手機拿到眼前。
「那要怎麼做你才會滿意？」
小丑自暴自棄地搖搖頭。秀悟再次與愛美四目相交。
「妳去搭裡面的電梯到二樓，然後再走樓梯下來這裡。」
愛美點點頭，依依不捨地放開秀悟的後頸，接著跑步離開。秀悟看不見愛美的身影後，一邊聽著腳步聲逐漸遠去，一邊瞪視小丑。
「她抵達這裡之前，你都不准動。要是移動一步……」
「你就報警，是吧？不需要重複那麼多次啦。」
小丑開始隔著面具搔起頭來。
時間彷彿黏液一般，一點一滴緩慢流逝。秀悟繼續與沉默不語的小丑對峙，此時秀悟緩緩開口：
「……你到底有什麼目的？」
「嗄？你說啥？」小丑原本煩躁地搔著頭，此時他聽秀悟一說，停下了手。
「我在問你的企圖。你到底是為了什麼來到這間醫院？你聲稱自己是碰巧找到這間醫院，這根本是在扯謊吧？」
小丑面對秀悟的質問，沒有任何回答。

「你的目標根本不是錢。你是為了揭穿這間醫院的『祕密』才闖進來的，我有沒有說錯？」

秀悟急促地說完，大喘一口氣，等待小丑的答案。小丑則是開始發出渾濁的笑聲。

「你到底在說什麼啊？我的目的當然是錢，不然我沒事幹麼去搶便利商店，又對那女人開槍？你是看太多無聊的懸疑電影啦。」

秀悟聽著小丑的嘲弄，微微抿嘴。事實確實是如此。假設小丑的目的是揭穿田所等人拚死隱瞞的「祕密」，他根本沒必要搶超商，也不需要對愛美開槍。這個男人真的如他本人所說，只是個思慮不周的搶劫犯？又或者是……

「秀悟！」

秀悟沉浸在思考之中，此時樓上忽然傳來呼喊。秀悟回頭看去，愛美在樓梯轉角處呼喚秀悟。

「……快回去吧。」

小丑壓低語調。

「你快點回去，然後老實地待到早上，不要輕舉妄動。我會在早上之前……結束這一切。」

小丑丟下這句話，接著快步消失在秀悟的視野之中。「在早上之前結束。」小丑最後這一句呢喃，令秀悟感到莫名的不安。

秀悟直盯著鐵柵欄的另一側，緩緩走上樓梯。秀悟一抵達轉角處，愛美便一把擁住他的後頸。烏黑長髮散發出薔薇的芬芳氣息。秀悟抱緊愛美微微顫抖的身軀。

「好了，已經沒事了。」

秀悟輕撫愛美細如絹絲的長髮。愛美點點頭，將臉埋進秀悟胸口，肩頭開始發抖。

「……好可怕，我真的好害怕……！不過……我相信秀悟一定會來救我……」

「不要怕，有我在……我會保護妳的。」

秀悟雙手擁住愛美纖細的身體。

兩人相擁數十秒，隨後緩緩放開對方。他們對上眼的那一瞬間，同時垂下雙眼。

「……總覺得，有點害羞呢。」愛美的雙頰染上紅暈。

「呃……總之，我們先回樓上吧。」

秀悟說道，愛美則是微笑地點點頭。兩人互相依偎，一起走上樓梯。

他們一踏上三樓的地板，田所與東野隨即靠過來。兩人急忙分開。

「妳沒事吧？」

「……是，我沒事。」

愛美聽見東野這麼問，語氣生硬地回答。小丑纏上自己的時候，東野和田所沒有任何作為。愛美或許對此有些五味雜陳，而秀悟也是如此。

「總、總之，沒事就好。」

東野試圖掩飾尷尬。秀悟與愛美沉默不語，沉悶的空氣頓時瀰漫四周。

「啊，話說回來，佐佐木去哪了？」

東野在胸前雙手合十，做出彷彿參拜的手勢，並且四處張望，明顯是想轉移話題。

「她剛剛去了樓上，可能是去查看剛才倒下的病患吧？」

她似乎是太過專心與田所交談，沒發現佐佐木上樓去了。

「那……我先去找佐佐木了。」

東野晃著肥滿的身軀，狼狽地逃向樓梯。秀悟見東野的背影消失在樓梯的盡頭，繼續與田所對峙。

田所抬頭望向秀悟，臉上的表情看起來前所未有的僵硬。

「……你應該沒報警吧？」田所沉聲說道。

「當然沒有。我剛才也說過，手機沒訊號，我只是故意說來嚇唬對方。」

田所聽完秀悟的解釋，表情一口氣鬆懈下來。反倒是秀悟的神情逐漸緊繃。

「您到底為什麼這麼害怕通知警察？」

「因為……要是報了警，醫院員工和病患們會有生命危險……」

「少撒謊了！」

田所還是重複相同的主張。秀悟一口否定田所的藉口，指著愛美：

「她被帶走的那個時候，比起幫助她，你還是以不報警為重。你根本不是為了人質的安全，而是為了自己才妨礙我通知警察！」

田所張口，似乎想反駁秀悟，但是口中卻吐不出任何一句話。秀悟趁勝追擊：

「那個小丑真正的目的，應該跟你拚命想隱瞞的事情有關。也就是說，我和她只是無辜受牽連，莫名其妙捲進你們之間的紛紛擾擾。」

秀悟一口氣說完，腦中同時思考。他原本以為可能是田所或小丑使用電波干擾裝置，但是這兩人都沒有發現手機無訊號，那究竟為什麼會沒有訊號……？

正當秀悟整理思緒時，一聲慘叫刺入秀悟的耳膜。這可能是東野的聲音。秀悟、愛美以及田所三人同時看向樓梯。

「東野!?」

田所率先採取行動。他拖著傷腳走向樓梯，抓著扶手一步步向上爬。秀悟與愛美目送田所離去後，兩人面面相覷。

秀悟並沒有馬上行動。小丑在樓上嗎？那麼上樓可能會很危險。應該繼續在這裡待機嗎？或者該去幫忙……

「秀悟，我們走吧！」

秀悟猶豫不決。此時愛美堅決地對他說道。

「但是小丑可能在……」

「真要是那樣，我們更要趕快去救她啊！」

愛美清澈的雙瞳直視著秀悟，他大吃一驚。沒想到她居然會毫不猶豫前去拯救一個曾經捨棄自己的人……

「……我知道了，走吧。」

秀悟下定決心，便和愛美一起走上樓梯。

三樓不見任何人的蹤影，於是兩人繼續向上爬。他們一轉過三樓與四樓的轉角處，便見到東野與田所的身影。東野跪坐在護理站的前方，田所則是靠在東野身旁。東野乍看之下並沒有受太大的傷。

「怎麼了？」

秀悟走上前詢問，但是兩人都沒有回答。他們露出失神的表情，直盯著同樣的方向。秀悟不自覺順著兩人焦點渙散的視線看去。

時間戛然而止。秀悟一時之間無法理解自己看到了什麼。他彷彿稻草人一般，傻傻地站在原地。

「……騙人。」身旁的愛美悄聲低喃。

日光燈潔白的光亮照亮整間護理站，佐佐木就仰躺在護理站的正中央，一把短小的小刀深深插在她的左胸上。

第三章

敞開的門扉

1

時間彷彿帶著強力的黏性，緊纏住身軀，並且緩緩逝去。三樓的護理站內，待在室內的每一個人都低著頭，沉默不語。

他們究竟在這個地方度過了多少時間？秀悟側眼望向牆上的時鐘。現在時間剛過凌晨兩點半。他們大約是兩點左右發現佐佐木的遺體，而現在距離當時才經過不到三十分鐘。

『……警方雖然動用人海戰術徹夜搜索，至今仍未發現開槍逃逸的男子。忐忑不安的夜晚依舊……』

護理站隔壁的護理師休息室裡放有電視，電視傳出新聞主播的播報聲。數分鐘前，秀悟打開電視打算轉換一下心情，結果反而使氣氛更加凝重。秀悟拿起手中的遙控器關閉電視。

秀悟感覺雙眼一陣酸澀，伸手揉一揉鼻根。佐佐木胸前插著刀子的慘狀實在太具衝擊性。他不禁產生錯覺，誤以為一行人找到佐佐木的遺體之後，早已經過好幾天。

三十分鐘前，秀悟恍惚數十秒後恢復過來，立刻衝向佐佐木身旁為她進行心肺復甦術。但是佐佐木的瞳孔早已擴大，深入左胸的小刀顯然貫穿心臟，他立刻就判斷心肺復甦不可能成功。當秀悟將這件事說出口，東野當場崩潰痛哭，陷入恐慌；田所則是抱著頭，顫抖不已。

最後秀悟在走廊最深處的病房找到空病床，剝下床單，拿來蓋在佐佐木的遺體上，接著建議眾人暫時先移動到三樓。

秀悟抬起頭，環視整間護士站。田所與東野坐在裡頭，一臉憔悴；秀悟和愛美則是將鐵椅搬到入口附近，坐在鐵椅上。

秀悟在這三十分鐘內，一個勁地運轉腦袋思考。醫院終究還是出現犧牲者。人質在搶劫犯藏匿的過程中出了人命，事件乍看之下相當單純，但秀悟即使發現佐佐木的遺體，強烈的不協調感仍然不斷湧上心頭。

「警察……」

東野無力地垂著頭，悄聲說道。所有目光隨即聚焦在東野身上。

「我們報警吧！佐佐木被殺了呀！我們明明什麼也沒做，他為什麼要殺佐佐木？那個小丑一定打算殺掉我們所有人！我們現在馬上向警察求助吧！」

東野猛地抬起頭，神情扭曲，悲痛地大喊。

「不行！」

田所嚴厲地說道，但是東野並未退縮。

「您在說什麼！有人被殺了呀！」

「那個男人已經殺了一個人。要是警察包圍醫院，那個男人恐怕不會再猶豫，真的會直接對所有人下殺手。最好還是等到那個男人離開醫院再報警。」

「可是他搞不好打算在離開之前就殺死我們啊！」

「真要是如此，他應該早就動手了。既然他現在還沒攻擊我們，就表示他不打算殺掉所有人。我們不要驚動那個男人，乖乖在這裡等著，這麼做才是上上策。」

「我們根本不能肯定啊！警察一定救得了我們，請把我的手機還給我！」

東野猛抓頭髮，激動大叫著。田所冷冷地望著東野，從白袍取出手機，拋向東野。東野雙手抓住拋來的折疊式手機，急忙打開，開始按下按鈕。

「沒用的，現在還是沒訊號。」

「為什麼!?平常還是收得到訊號啊！」

東野淒厲地尖叫。

「一定是小丑幹的。那個小丑可能帶著會發出干擾電波的裝置。所以他才沒拿走我們的手機。」

「既、既然如此，就用有線電話！院長室的有線電話應該還能用。」

東野氣喘吁吁地說道。看來他們破壞了二樓到四樓的所有電話機，卻保留院長室的電話，以防萬一。但田所卻搖搖頭。

「我剛才已經確認過了。院長室的電話也無法接通，小丑可能剪斷了一樓的電話線。」

「怎麼會……」東野沉默片刻，瞪大雙眼：「那麼就觸動火災警報器吧，這樣應該能通知消防局！」

這或許是個好主意。秀悟悄悄將手伸進白袍口袋，指尖摸到硬物。那是他平時愛用的打火機，只要用打火機燒一下天花板的偵測器……

「行不通的，警報器自動通報消防局的系統必須經由電話線，電話線被剪斷就不會自動通報，只會觸動滅火系統，在這層樓撒下大量的粉末滅火劑。」

東野的神情一瞬間染上絕望的色彩，臃腫的雙眼立刻重新綻放光彩。

「一樓！一樓手術室的電話應該是另外拉的線路，就用那裡的電話吧！」

「……那個男人就待在一樓，妳要怎麼去手術室？」

田所沉聲說完，側目瞥一眼秀悟。秀悟不清楚他的眼神代表什麼意思，只能默默看著兩人交談。

「手術室可以從樓上……」

「東野！」

東野正要說些什麼，田所厲聲大吼。東野渾身一顫。

「即使去得了手術室，我也不會報警。一旦報警，不只我們會陷入危險，甚至會牽連住院的病患們。我們無論如何都必須避免重要的病患們捲入這次危機。」

田所一字一字仔細叮嚀道。

「……總而言之，再繼續乾等下去太危險了。那個男人已經殺了佐佐木，我們說不定也會落得同樣的下場。不如先找找能當武器的東西，避免自己被攻擊的時候無法抵抗。」

至今保持沉默的秀悟這麼建議。田所稍微思考一會兒，鄭重地表示同意。

「這裡有能做為武器的物品嗎？高爾夫球桿太顯眼了，要盡量找體型小一點，最好是手術刀大小的武器。」

秀悟這麼一問，田所臉上便浮現苦澀的表情。

「很遺憾，手術刀全放在手術室裡了。」

「是嗎？那我們就分頭尋找能當武器的物品吧。我們不知道那個男人還會做出什麼舉動，最好盡快做好準備。」

秀悟從椅子上起身。

「……我暫時先照顧東野一陣子。」

「我明白了，那東野小姐就麻煩您了。愛美小姐。」

愛美突然聽見秀悟的呼喚，「是！」回答的聲音頓時高八度。

「我們一起去找武器吧。」

秀悟牽起愛美的手，半強迫地拉著她起身，一起走出護理站。愛美雖然疑惑，仍然乖巧地跟著秀悟。

秀悟與愛美一起下樓抵達二樓，他直接通過透析室，走向值班室。秀悟一進到值班室就鎖上門。雖然房門稱不上堅固，只要有意隨時都能破門而入，但總比開放空間好得多。

「那個、秀悟……？」

愛美不安地望著秀悟的臉。秀悟雙手搭上愛美的肩膀。

「小丑帶走妳之後，有沒有離開妳身邊過？」

「咦？什麼意思？」

愛美聽見秀悟突如其來的疑問，吃了一驚。

「我想問妳，小丑剛才把妳帶到一樓之後到我去救妳之前，他有沒有幾分鐘是不見人影的？」

秀悟繼續問道。他一時情急，無法順利說出自己的意思。

「原來是問剛才的事呀……不，我在聽見秀悟大喊之前，我都一直跟那個男人待在一起……」

愛美似乎想起當時的狀況，她低下頭，聲音有如蚊鳴。秀悟見到她的模樣，胸口升起一股罪惡感。

「抱歉，讓妳想起不好的回憶。可是這件事很重要。」

「很重要？」

愛美訝異地瞇起細眼。秀悟用力點頭。

「我們發現佐佐木小姐倒在四樓的時候，她的瞳孔早就放大，心臟也徹底停止跳動，再加上遺體滲出的血液稍微凝固。佐佐木小姐被刺之後至少要耗費足夠的時間，遺體才會呈現那種狀態。」

「也就是說……」愛美眨眨眼。

「沒錯，佐佐木小姐遭刺時，小丑可能是跟我或妳其中一人在一起。」

愛美原本靈活的大眼睜得更大。

「怎麼會……但佐佐木小姐也有可能是在小丑帶走我之前，就已經受害了……」

愛美語氣顫抖地說。

秀悟收起下顎。佐佐木上樓之後到小丑出現帶走愛美為止，還有數分鐘空檔，確實有這個可能。不過……

「假設真的是小丑攻擊佐佐木小姐，她應該會大聲尖叫之後逃走，這種狀況下小丑應該會從背後行刺，不會是正面。但是佐佐木小姐是被人從正面直刺胸口，而且乍看之下沒有掙扎的痕跡。」

「……什麼意思呀？」

「佐佐木小姐可能不是被小丑殺害的。有別人趁著我和小丑在一樓爭辯的時候，悄悄前往四樓刺殺佐佐木小姐。」

「說是別人、究竟會是誰……？」

「那名人物不會讓佐佐木小姐起戒心。他是非常自然地接近佐佐木小姐，並且用小刀刺進她的胸口。」

「難不成……」

愛美似乎察覺秀悟的意思，雙手遮住脣邊。

「沒錯，我認為是田所或東野，也有可能是兩人合力殺害了佐佐木。」

秀悟緩緩開口說道。他花了這數十分鐘，才得出這個答案。愛美遮住自己的嘴，一時語塞。

「……他們為什麼要這麼做？」

「我不知道。但是佐佐木小姐遭到殺害之前，曾經想告訴我們某些事。」

「你說的是……『小心院長』、『還有一個人』那些話嗎？」

「是啊，沒錯。佐佐木小姐可能是無法繼續忍受這種險境，便打算將院長他們拚命隱瞞的『祕密』告訴我們。院長他們察覺這件事，便殺人封口，然後偽裝成小丑下的手……」

「所、所以是院長殺了佐佐木小姐……？」

愛美臉色發青，悄聲說道。

「田所確實比較有可能下手，不過東野也有嫌疑。畢竟他們兩個人都堅守著『祕密』。」

「可是女人有辦法用小刀殺人嗎？」

愛美疑惑地說。秀悟點點頭：

「我曾在急診看過有男人被女人刺傷，差點丟了性命。再怎麼虛弱的人只要手持銳利的刀類，就足以從肋骨的隙縫刺傷人體。但凶手必須趁著對方起戒心之前，毫不猶豫地一刀刺下去。」

愛美聽了秀悟的解釋，臉色越是發青。她以雙手遮住臉蛋，癱坐在床鋪上。

「我已經……越來越搞不懂了。」

愛美的聲音聽來微弱欲逝。她至今始終都表現得相當堅強，如今也瀕臨極限。秀悟心疼地注視她的身影，不知該如何安慰她。

「……還有一個人。」愛美遮著臉，低聲呢喃。

「咦？妳說什麼？」

秀悟這麼一問，愛美緩緩抬起頭來。

「佐佐木小姐曾經這麼說過，『還有一個人』。我大概明白『小心院長』是什麼意思，但是『還有一個人』是指什麼？」

秀悟垂下嘴角，他也很在意這句話。

「佐佐木小姐口中說的真的是『還有一個人』嗎？當時她的聲音很小，會不會是妳聽錯……」

「不，她絕對是這麼說的。我聽得很清楚，只是弄不懂這句話的意思。」

愛美的語氣沒有一絲猶疑。既然她如此肯定，事實應該就如她所說。秀悟雙手抱胸，開始沉思。

「那個……她的意思該不會是，這間醫院還躲著別的相關人士……」

愛美的態度忽然一轉，不太有把握地說道。

「妳是說除了我們以外，醫院裡還躲著其他員工？但是大夜班基本上只會有一名醫師和兩名護士……」

「院長不就留下來了？」

秀悟聽愛美這麼一說，頓時語塞。或許真的有員工留在醫院進行未完成的工作，這不無可能。

「真要是如此，為什麼他還繼續躲著不現身？他躲著小丑就算了，沒必要躲著我們吧？」

「我不知道原因，但是他或許跟這間醫院的『祕密』有關係……所以才會躲到現在……」

醫院裡還躲著其他員工，而他和醫院的「祕密」有關聯。秀悟聽完愛美的假設，腦中再次浮現新的疑問。田所一開始說過，他今天是為了確認診療報酬的申請書才會留在醫院加班。但他真的只是因為這個理由嗎？小丑還正巧在院長留院的時候闖進來……不，小丑或許是知道院長留下來加班，才會闖進這間醫院。但是……

秀悟以雙手拇指按摩太陽穴。現狀實在太過莫名其妙，他的頭不禁隱隱作痛。

「說到底，就算醫院裡真的還有其他的員工，他會躲在哪裡……」

秀悟話說到這裡，便不再繼續說下去。愛美則是對秀悟微微點頭。

「是的，我猜那個人可能躲在五樓的倉庫。」

「可是為什麼會在那裡……」

「我還沒想到那麼深，只是覺得能躲的地方只剩那裡而已。」

愛美噘起粉唇。

佐佐木口中的「還有一個人」，真的是指醫院的員工？而那員工還藏身在那間倉庫裡？會不會還有其他可能性……

「小丑……」

秀悟幾乎是不自覺地低語。愛美好奇地問：「咦？你說什麼？」

「不，沒事。應該不可能。」

秀悟甩甩頭，腦中浮現的想像令他毛骨悚然。

「你想到什麼了嗎？就算不可能也罷，可以告訴我嗎？我很在意呢。」

「不，這真的只是突發奇想……我在猜所謂的『還有一個人』，會不會是指小丑？」

愛美態度堅決，秀悟敗給愛美的魄力，只好半是猶豫地說出自己的想法。

「小丑『還有一個人』？什麼意思呀？」

愛美神色不安地歪頭質疑。

「沒什麼，我只是一直覺得小丑的行為不一致。他乍看之下像是一個隨興的笨蛋，總是為了錢做些臨時起意的舉動；有時卻又彷彿身懷某種企圖，四處打探這間醫院的事情。假設小丑其實有兩個人，可能就能解釋這種反差……只要戴上相同的面具，穿上同樣的服裝，就沒人認得出來他們的真實身分。他們做出小丑只有一個人的假象，另一個人就能在醫院四處摸索……或是殺害佐佐木小姐。」

秀悟說著，一股寒意掠過背脊。他只是隨口說出自己的想法，卻越說越覺得這個假設有可能成真。

「可、可是小丑抓走我的時候，真的只有一個人……」

「他們可能是事後會合，或是一開始就約在這間醫院碰頭。」

秀悟見愛美開口反駁，勉強給出一個解釋。

這兩個男人，一個是視財如命，性情急躁；一個則是性格冷靜，他與這間醫院結下不解之緣，打算揭穿院內的「祕密」。假設是後者在操縱前者，那這一切都可能說得通。

這樣看來，果然還是小丑殺害了佐佐木嗎？一個人帶走了愛美，另一個人趁機殺死佐佐木？又或者兩名小丑的假設單純是愚蠢的幻想，犯人就是田所或東野？不，假如倉庫裡真的躲著一名醫院員工，那傢伙也有可能是犯人……

頭痛越來越嚴重，秀悟痛得抱頭低吟。腦神經彷彿快燒斷了。每多增加一些線索，事件的全貌越是如墜五里霧中。

「……接下來……究竟會變成什麼樣的局面呢？」愛美憂心地低喃。

秀悟抱住頭部的雙手，緩緩移動到愛美的肩上。

「沒問題，我們一定會得救。」

秀悟開口鼓勵愛美，同時也為自己打氣。但是愛美的神情仍舊僵硬。

「可是，我們該怎麼做……」

秀悟看著垂頭喪氣的愛美，這麼說道。

「報警吧。」

愛美低聲驚呼：「欸？」同時抬起頭來。

「通知警察吧。我們根本搞不懂這間醫院究竟發生什麼事，更何況已經出了人命，繼續傻傻等到天亮未免太危險了。只能報警了。」

秀悟以舌頭舔舐乾渴的口腔內部，並且這麼說道。

「可是他說如果我們報了警，就要殺了我們所有人……」

「他應該早就料到，只要他殺死一個人質，警察馬上就會衝進來。他只是嚇唬我們而已，再說警察應該能在小丑察覺之前就潛入醫院。」

秀悟一再重複強調自己的想法，想盡可能緩和愛美的擔憂，但是他的語調高得連自己都覺得可笑。只要報警就能保障他們的安全？秀悟的確無法保證這個想法是否正確，但他認為與其繼續在醫院空等，不如讓警方介入，他們比較有可能活著走出這間醫院。

「……我明白了。」愛美大口吐出氣息，語帶不安地說：「可是我們該怎麼報警？手機和有線電話都不能用了呀？」

「……剛才東野小姐說了，可以用手術室的電話。」

「手術室？可是我們要怎麼過去？小丑還待在一樓呢。」

愛美柳眉微蹙。

「小丑以為鎖住樓梯的鐵柵欄，就能阻止我們前往一樓。但是他只用了一個小小的掛鎖扣住鐵柵欄，我們手上只要有工具，應該能破壞那個鎖頭。」

秀悟試圖平復自己的情緒，開口述說自己的計畫。

「首先我們故意在樓上製造騷動，那傢伙應該會利用電梯移動到樓上確認狀況。我們就趁機打開鎖頭抵達一樓，用手術室的電話通知警察。」
秀悟一口氣說完，靜靜等待愛美的回應。只見愛美眉間的皺紋逐漸加深。
「我們根本沒辦法確定小丑會不會利用電梯移動啊？剛才他也是走樓梯上來的。」
「他來二樓的時候的確是走樓梯，但如果是其他樓層的話，他都是使用電梯移動，對吧？他使用電梯的可能性很高。而且我們可以先確認電梯有無運作之後，再前往一樓，就能降低跟小丑碰頭的機率。」
「這麼做或許行得通，但我們根本不知道能不能在小丑回到一樓之前破壞鎖頭呀。我覺得這個計畫太草率了。」
愛美對秀悟投以嚴厲的目光。
「我知道，我很清楚這個計畫有多馬虎。但除此之外我想不到別的辦法了，而且我認為比起乖乖等到早上，直接施行這個馬虎的計畫還比較有可能得救。」
秀悟凝視著愛美的雙眼。佐佐木遭到殺害，而他們不知道犯人是誰。以現狀來推測，他們隨時都可能遭受某人攻擊。既然如此，他們哪怕必須冒險也應該去報警。
「……你是認真的嗎？」
「是啊，認真的。」
秀悟點頭回應愛美的質疑。愛美神情嚴肅地沉默數十秒，重重地點點頭。
「……我明白了，我們去報警吧。」

「謝謝妳。」

秀悟輕撫胸口。假設愛美反對他的計畫，他可能下不了決心執行這項計畫。秀悟現在唯一能相信的只有愛美，愛美同意他的計畫，也算是為他打了一劑強心針。

「好，那我們趕快去找能破壞鎖頭的工具。鎖頭不大，我們只要拿到鐵棒之類的工具，就能利用槓桿原理……」

「沒必要找工具。」愛美打斷秀悟的話。

「沒必要？」

「是啊，剛才秀悟把那個男人叫走的時候，他把鑰匙包放在床邊的桌子上。所以我趁機拔走了這個，以備不時之需。」

秀悟一臉疑惑。只見愛美從入院服的口袋中取出一枚小型的金屬物體。秀悟不禁瞪大雙眼。

「這該不會是……」

「沒錯，這是那個鎖頭的鑰匙。」

愛美拿著小鑰匙在秀悟眼前一晃，得意地挺起胸膛。

2

「那麼，要開始了。」

秀悟緩緩吐息，壓抑亂跳的心臟，同時這麼說道。愛美站在他身旁，神情緊張地點點頭。兩人走出三樓的護理站。

兩人決定執行計畫之後，便在十分鐘前回到三樓的護理站，打算將小丑引誘到這個地方。雖說四樓可以爭取到較多的時間，但是距離一樓較遠，小丑或許不會注意到騷動，而且他們不太想接近佐佐木的遺體。

兩人回到護理站時，田所與東野早已不見蹤影。秀悟和愛美雖然有點在意兩人的行蹤，但他們還是優先執行作戰計畫。更何況考慮到計畫內容，田所與東野不在場還比較方便行動。

秀悟看著桌上的電視機。他從護理師休息室搬來這台電視，液晶螢幕上正在播放陌生的西部片。

秀悟舉起手輕撫胸口。他的計畫一旦成功，天亮之前警方就會派出大隊人馬救出一行人。即使計畫失敗，他還有另一個打算……

秀悟側眼瞥愛美一眼。她站在秀悟身旁，臉上露出緊繃的神情。無論發生什麼事，他至少要讓她平安走出醫院。秀悟下定決心，便拿起電視遙控器，逐漸放大電視的音量。電視播放出演員們的台詞，聲音逐漸擴大，大得令耳膜隱隱作痛。

大概這種程度就夠了。秀悟丟下遙控器，和愛美一起奔下樓梯。兩人抵達二樓後，躲在樓梯間牆壁的陰影處，電梯那一側看不見這個位置。兩人微微探出臉，窺視透析室最深處的電梯。

樓梯上方傳來英語怒吼聲與槍響，秀悟聽著這些喧譁，握緊拳頭。來吧，快點過來。秀悟在心中重複呼喚，緊張彷彿火焰紋身似的席捲全身，他極力忍耐。

大約過了五分鐘後，電梯門忽然打開。秀悟雙手摀住口邊，強行吞下差點脫口的歡呼。

小丑從電梯裡探出頭，四處查看透析室內，接著立刻縮回去。電梯門一關上，秀悟與愛美隨即奔下階梯前往一樓。

小丑要是在三樓的護理站找到電視之後，一定會立刻回到一樓。他必須在那之前報警，並且完成另一項作戰計畫。

秀悟抵達鐵柵欄面前，拿起愛美交給他的鑰匙，打算將鑰匙插進鎖頭的鑰匙孔。但是指尖因為過度緊張不停地發抖，怎麼也插不進去。

「我來吧。」

愛美從旁邊伸手搶走鑰匙，迅速打開鎖頭。秀悟皺起臉懊惱自己的沒用，並推開鐵柵欄。鐵柵欄嘎嘎作響，打了開來，秀悟與愛美便從柵欄的門縫鑽出去。

「走吧。」

愛美急忙對秀悟說道。秀悟關起鐵柵欄後，回過頭走向愛美，用力抓住她的雙肩。

「怎、怎麼了？」愛美臉上透露一絲畏懼。

「妳快逃吧。」

秀悟凝視著愛美的雙眼，這麼說道。

「什麼？」愛美眨了好幾次眼。

「正面大門的鐵門已經降下來，但是後門應該還能從裡面打開。妳現在立刻從後門逃到附近的住家去。」

「你、你在說什麼？我們還要去手術室打電話吧？」

「妳趕快離開醫院，我一個人去就夠了。」

「那我們兩個人一起逃走吧。兩個人一起逃走，直接去外面報警就好了呀？」

「不行，假如連我都逃跑，那個男人搞不好真的會殺光這間醫院的病患。」

「他說只要逃走一個人就要殺光所有人，我一個人逃走也無濟於事啊！」

愛美彷彿耍賴的孩童，拚命搖頭。

「我會想辦法蒙混過關，撐到警察抵達為止。沒問題，船到橋頭自然直。」

秀悟揚起微笑。臉頰肌肉有些僵硬，但他意外順利地展現笑容。反而是愛美的神情逐漸扭曲。

「為什麼……為什麼秀悟非得冒這種險不可？」

「因為我是醫生，醫生必須等到所有病患安全獲救之後才可以去避難。」

秀悟聳聳肩露出苦笑，調笑地說：「這生意不好做呢。」愛美雙眼緊閉，咬住下唇。

「而且，妳是我最重要的病患，我想優先保障妳的安全，希望妳能諒解。」

「可是……可是……」

愛美語帶嗚咽，還想反駁些什麼，卻說不出半句話。

「妳逃到附近的住家之後，立刻通知警察。這樣一來，就算手術室的電話無法報警，警察也能前來救助我們。妳逃走反而能提高我得救的機率……可以幫我這個忙嗎？」

秀悟叮嚀似的緩緩對愛美說道。愛美遲疑地微微點頭，緊閉的雙眼落下淚水。

「用不著哭，我們很快就能再見面的……好了，快走吧。」

秀悟輕輕推開愛美。愛美眼眶含淚，看了秀悟一眼之後，彷彿揮別什麼似的轉過身去，奔向後門。

秀悟目送愛美前往後門之後，邁步跑向手術室。距離小丑回到一樓應該還有一點時間。此時秀悟腦中忽然浮現剛才的推測，「還有第二名小丑」。假設這個推測是正確的，一樓可能還存在另一名小丑，但是他現在擔心這點也於事無補。

秀悟推開沉重的鐵門，穿越囤放大堆紙箱的走廊，衝進手術室之中。

手術室裡還放著處理愛美傷口時的器材。

秀悟見到室內中央並排的手術台，不禁皺起臉。

一間手術室裡放置兩個手術台。彷彿有蛀蟲爬過自己的腦部表面，一股不快再次襲上心頭。

秀悟在手術室入口停頓片刻，接著使勁甩頭。現在可沒時間悠哉地思考。

室內牆上裝設的電話吸引秀悟的目光。他快步穿越手術室，一把抓住電話話筒貼到耳邊，按下「110」的號碼。但是話筒沒有發出任何聲響。

「怎麼搞的！」

秀悟一邊怒吼一邊向下看去，渾身猛然一震。連接電話機與話筒的電線被剪斷了。一陣戰慄襲向秀悟全身。

是那個小丑幹的？這個念頭一瞬間掠過腦中，但秀悟的直覺立刻否定這個可能性。田所破壞透析室的電話機時，曾經使用類似的手法。

田所為了防止有人報警，甚至剪斷這裡的電話線？然而是在什麼時候？

秀悟腦中一片混亂，單手扶額仔細思考。

田所一開始曾經拿著高爾夫球桿闖進手術室，是那個時候嗎？不過田所當時並未接近這支電話。

所以田所是在眾人遭到監禁之後，才來到手術室剪斷電線？他不可能在不驚動小丑的情況下抵達手術室，那電線為什麼會斷？難不成田所和那個小丑打從一開始就是一夥的？

秀悟握著話筒，逐漸墜入無盡的思緒泥沼，此時身後忽然傳來聲響，令他猛然一顫，回過頭去。腳步聲沿著走廊另一端逐漸逼近。

小丑已經回來了嗎？未免太快了。

秀悟僵著臉，急忙滑進麻醉機後方。下一秒，房門開啟。

「秀悟！」

呼喊響徹手術室，那嗓音令秀悟使勁瞪大雙眼，眼角幾乎要裂開來。

「愛美？」

秀悟立刻從麻醉機後方走出來，茫然地望著站在手術室門口的愛美。

為什麼愛美會在這裡？他好不容易才讓她逃走……當衝擊淡化之後，緊接而來的憤怒與絕望隨即充滿胸口。

「妳為什麼跑回來了！」

秀悟雙拳緊握，激動地怒吼。他有一剎那擔心可能會被小丑聽見吼聲，但他沒餘力控制音量。愛美縮起脖子。

「我好不容易……好不容易才讓妳逃走，心想至少妳得救就好……」

自己的舌頭彷彿打了結，無法順利組織言語。秀悟舉起雙手使勁抓頭。

「沒辦法。」

愛美悲傷地垂下頭。

「什麼沒辦法？」

「我是說後門。後門被人用鐵絲緊緊固定住，根本打不開。我無計可施才……」

秀悟聽見愛美這麼解釋，眼前感到一陣暈眩。有人封住後門……仔細想想，這也是理所當然。有人要逃跑、要潛入醫院，都只能從那個地方進出。自己居然沒料到這點……

所有計畫都失敗了，他們必須在小丑回到一樓之前盡快返回樓上，越快越好。

「抱歉，剛剛不該對妳大吼。我們馬上回樓上吧。」

秀悟開口道歉，走向愛美身邊。

「那個，不報警嗎？」

「不行，這裡的電話機和透析室的一樣，電線被剪斷了。」

「欸？是小丑弄壞的嗎？」

「不知道。先不談這個，我們要快點回樓上。」

秀悟牽起愛美的手，走出手術室。

「等等！」

兩人走到走廊的中段時，愛美突然停下腳步。秀悟也急忙停在原地。

「怎麼了？要趕快離開這裡呀。」

「我剛剛聽見聲音……好像是……電梯的聲音。」

愛美緩緩指向正前方的鐵門。

「……妳沒聽錯嗎？」

秀悟懊惱地扯一扯脣，低聲說道。

「我不確定……但是感覺有聽到。」

愛美答道，眼淚彷彿即將奪眶而出。秀悟避免自己發出腳步聲，小心翼翼靠近門邊，緩緩將鐵門拉開幾公分，從門縫窺視外頭。喉頭頓時發出塞住似的聲音。

小丑舉著手槍在外來病患等待室內走動，並且探看沙發下方，確認是否有人躲藏。他可能再過不久就會來調查這扇門。秀悟注意不發出任何聲響，謹慎地關上鐵門，接著雙手掩住臉。愛美以眼神詢問秀悟。

「小丑……他在外面對不對？」

「對，應該等一下就會找到這裡來。」

秀悟沒有立刻回答愛美。這條走廊只通往那間手術室，他們無處可逃。

「……該怎麼辦？」

「找找看有什麼地方可以躲藏吧。」

秀悟沙啞地說道。現在只剩下這個選項。這條走廊上擺著一堆雜物，存在不少死角，要是能藏好躲過這一劫……

秀悟其實早已察覺，這個地方根本沒有能讓兩名大人藏身的空間，但他還是只能仰賴這微薄的希望。愛美六神無主地點點頭，開始搬動走廊上的機器。

至少要找到能讓愛美躲藏的地方。先不提自己這個大男人，愛美身材嬌小，或許有地方能讓她藏身。秀悟拚命翻找紙箱堆，但是根本找不到裝得下整個人的紙箱。

該回到手術室躲進麻醉機後面嗎？不，行不通，躲在那種地方馬上就會露餡；乾脆我自己先老實走出去嗎？這樣一來，小丑應該不會跑去搜手術室，但這個方法變數太多了；最後手段是在小丑進門的瞬間攻擊他，不過對方體格壯碩，手中還有槍，就算出其不意地攻擊他也很難贏得了。

「秀悟……」

秀悟抱頭苦思，此時愛美忽然輕聲呼喚他。秀悟回過頭去，便看到愛美跑到走廊盡頭，手術室門口對面放著一塊老舊的移動式白板，她在白板前對秀悟招招手。

「那裡有什麼嗎?」

秀悟靠過去。愛美蹲下身查看白板下方的空間，食指指向偏上方的位置。

「這邊的牆壁是不是有點奇怪?」

秀悟一聽，仔細觀察潔白的牆壁。他看了好一陣子才發現，白板下方的陰影部分似乎微微向內凹，手指似乎能伸進那塊凹槽裡。

「這裡面可能有倉庫之類的空間?」

秀悟蹲下身，肩膀不小心碰到白板筆槽上放的麥克筆，眼看就要掉到地板上。秀悟急忙在半空中接住麥克筆，收進白袍口袋。

秀悟再次伸出手，指尖扣住凹槽往旁邊一拉。外表看似牆壁的某一部分發出細碎的聲響，稍微鬆動了一下。這裡頭肯定有些什麼。秀悟試著使力，指尖感受到痛楚，同時牆壁突然向整片移向一旁。

「這是……」

愛美愣愣地呢喃道。秀悟也維持半蹲的姿勢僵在原地。

「電梯?」

秀悟悄聲吐出這個詞彙。白板內側出現一扇電梯。秀悟腦筋一下子轉不過來，微微蹙眉。

他原本以為裡面是倉庫，卻出現一座電梯。這究竟是怎麼回事?這間醫院應該只有外面通往一樓到四樓的那一座電梯，那現在眼前的這座電梯到底是……
秀悟腦中忽然掠過電話線被剪斷的畫面，半開的嘴發出「啊！」的一聲。
「怎麼了？這是電梯吧？」
愛美一臉疑惑地說。
「就是這個，院長就是用這座電梯抵達手術室。」
「咦？」
「這座電梯一定是連接到五樓的備品倉庫，所以田所才能破壞手術室的電話，還不被小丑察覺。」
「也就是說……院長一開始就可以從這個地方下樓，他卻一直瞞著我們？」
「……很有可能。」
「為什麼要這麼做？只要有這台電梯，大家說不定能順利逃出去啊！」
愛美的聲音蘊含著憤怒。正如她所說，他們只要像剛才一樣，在樓上製造騷動引開小丑，就能趁著這段時間搭上這座電梯，一口氣逃到一樓。雖說後門遭人封鎖，能否成功逃離還很難說，但至少能策劃出比較安全的計畫。但是院長卻冥頑不靈，堅持隱瞞這座電梯。他是認為自己一行人逃走會危及病患嗎？或者還有其他理由……
「總而言之，我們先從這裡逃走。」
秀悟伸進白板下方按下按鈕。電梯門發出輕微的運轉聲，立刻打開門。秀悟與愛美壓低身軀，穿越白板下方進到電梯裡。

電梯內部相當寬廣，深度大約有兩公尺。可能是為了方便運送擔架上的病患。牆壁內側也有小小的凹槽。秀悟伸手關起牆上的拉門。這麼一來，小丑就不會察覺這裡有一座電梯。

電梯門自動關了起來。秀悟望向電梯門旁的操控面板，上頭只有標示「開啟」、「關閉」的按鈕，以及畫有上下箭頭的按鈕。秀悟與愛美對看一眼，按下往上箭頭的按鈕。電梯同時開始上升。

愛美揪住秀悟的手臂，她的手傳來些微顫抖。秀悟抿緊脣。

電梯沒多久便停止上升，電梯門開啟得相當緩慢，彷彿在挑戰兩人的耐性。日光燈的光亮射入開啟的電梯門內。

秀悟探出頭，觀察外頭的狀況。那是一條稍短的走廊，長度只有數公尺左右，亞麻油氈質地的地板透出光澤。

秀悟確認走廊上沒有任何人影後，走出電梯，並對愛美招招手。

「這裡是哪裡呀？看起來不像倉庫呢。」

愛美踏進走廊，開始四處張望。秀悟也抱持相同的疑問。

眼前可見的範圍內除了電梯之外，還有兩扇門。一扇是厚重的鐵門，位在走廊盡頭；另一扇則是拉門，位置在走廊的中段。

「那一頭的門會不會就是五樓那扇上鎖的門呢？」

愛美指著走廊盡頭。

「不，這條走廊的長度加上院長室那一側的走廊之後，還是比其他樓層的走廊稍微短了一些。那扇門的另一頭可能就是倉庫，倉庫再過去才是連接到院長室那一側的走廊。」

秀悟提防四周，小心翼翼地來到走廊盡頭，抓住門把使勁一轉。但不論秀悟又推又拉，這扇門仍舊文風不動。

「……似乎上鎖了。」秀悟放開門把。

「那我們被關在裡面了嗎？」愛美不安地說道。

這扇門打不開，小丑又守在一樓。現在的他們的確是被關在這裡。

「可以這麼說。」

「……不過，院長他們有時候會不會就是躲進這個地方呀？剛才我們去三樓的時候沒看到他們兩個，應該就是躲在這裡吧？」

秀悟聽見愛美點出這個問題，輪流看一看兩扇房門。他發現這個可能性的確相當高。

假如田所兩人就在房內，他們是在鐵門另一側的「備品倉庫」，還是走廊中段的那扇拉門後方？

秀悟來到拉門前方。秀悟的手伸向拉門，卻在觸碰到門把的前一刻停下來。田所等人有可能就待在這扇門後。田所等人極力想隱藏這個地方，而他們還有殺害佐佐木的嫌疑。

不，他們不僅僅是有嫌疑。秀悟的表情顯得嚴肅起來。一樓方才是空無一人，因此降低「複數名小丑」成真的機率，然而田所、東野殺害佐佐木的可能性卻相對提高。

他們現在無疑是越來越接近這間醫院的「祕密」。假如他們現在碰上田所跟東野，秀悟無法想像兩人會做出何種舉動。

「秀悟？」

愛美出聲呼喚秀悟，同時也解開秀悟全身的束縛。

他繼續猶豫也無濟於事。田所與東野隨時都有可能出現在這裡，既然如此，就由秀悟他們率先出擊。秀悟深深吐出氣息，心意已決，便抓住門把。拉門被拉開，滑向一旁。

秀悟做好準備，探頭查看房內。房內大約有六坪大小，整個房間陰暗漆黑。秀悟的目光迅速掃過房內每個角落，並未發現田所等人的身影。

這間房間乍看之下彷彿旅館的客房。房裡擺放著相當高級的沙發與茶几，牆上掛著風景畫。不過，房間中央的床鋪吸引秀悟的注目。

秀悟目不轉睛地觀察著。

這是一張樸素的病床，與房內的擺設相當不搭調。病床上躺著一名男子……不、應該稱這名人物為「男孩」。

男孩雙眼緊閉，臉上殘留一分稚氣，外貌看來年紀似乎還沒上中學。秀悟小心壓抑腳步聲，走進房內。

「……小孩子？」

愛美隨後進到房內，她見到病床上的男孩，悄聲說道。兩人懷著戒心靠近病床。病床旁放著一台螢幕，螢幕上顯示著心電圖、心律（註9）、血氧濃度等資訊。仔細一看，男孩的頸部延伸出細小的點滴管線。

他身上置放了中心靜脈導管（註10）嗎……秀悟以指尖輕觸塑膠製的細小導管，接著望向點滴架垂下的點滴袋。男孩身上注射的是補充水分、電解質的一般點滴液，搭配抗生素與合成麻醉藥劑。

這種配法……秀悟眉間的皺紋湊近鼻根，他拉開男孩身上的毛毯，解開手術衣的

註9 heart rate，意指心臟跳動的頻率，心臟每分鐘跳動的次數。

註10 central venous catheter，屬於血管內導管的一種，放置於大靜脈中。主要用途為測量中心靜脈壓（central venous pressure, CVP）、大量而快速的靜脈打點滴、作為長期腸外營養、長期抗生素注射、長期止痛藥注射的給予途徑或血液透析之管道。

衣繩。

「你在做什麼呀？他會醒來的。」

愛美壓低音量說道。

「沒問題的，有人為他施打合成麻醉藥劑進行靜脈鎮靜，他沒那麼容易醒來。」

「合成麻醉藥劑……是嗎？」

愛美詫異地重複一遍。

「是啊，而且是藥效相當強的止痛劑。使用這種止痛劑的病患大多是疼痛強烈的癌症病患，或者是……」

秀悟親手拉開男孩身上的手術衣。橙黃色的昏暗燈光映照出男孩赤裸的上半身。男孩身材細瘦，肋骨相當顯眼，他的左上腹貼著一塊大型紗布。秀悟緩緩捲起紗布。紗布掀開後，下方出現一條手術疤痕，長度超過十五公分。愛美輕輕倒抽一口氣。

「這是大型手術的疤痕。」

秀悟將臉湊近傷口。尼龍線縫合過的傷口已經結痂，但是還微微滲血。男孩的傷口很新，至少是最近兩、三天才開過刀。

兩、三天以內的手術疤痕……秀悟回想起數小時前在三樓見過的男病患。那名男病患和這名男孩是同時期接受手術。

「那這個男孩子也開過刀囉？這孩子也是醫院的病患嗎？」

「……似乎是。」

「可是這孩子為什麼會住在這麼隱密的病房裡呢？院長拚命想隱瞞這孩子的事吧？」

愛美疑惑地說道。正如愛美所說，院長打算徹底藏匿這名男孩，但是他為什麼要做到這種地步？這名男孩住在隱密的病房裡，接受過大型手術。他究竟是什麼人？

「佐佐木口中的『還有一個人』，該不會就是指這孩子吧？她想告訴我們，醫院裡還有一名祕密住院的病患。」

「是啊……有可能。」

秀悟雙手扶住頭部。這幾個小時之中，他在醫院目擊各式各樣的狀況，這些線索現在慢慢集聚成型，但是事件的輪廓還相當模糊。秀悟焦躁地咬緊牙根，不斷運轉腦袋。

「咦？」

愛美的驚呼打斷秀悟的思緒。

「發生什麼事了？怎麼發出怪聲？」

秀悟一問，愛美指著男孩的左手。

「你看這裡。這孩子的左手有點奇怪。」

秀悟聞言，垂下視線看去。少年的手臂宛如枯木般瘦弱，而他的手肘內側浮現一條直徑約兩公分粗的血管，不斷跳動著。乍看之下彷彿有一條蛇在皮膚底下爬動。

「……這是動靜脈瘻管。」

「動靜脈瘻管？那是什麼呀？」

愛美聽見秀悟的低語，開口問道。

「動靜脈瘻管是指以手術連接手臂的動脈與靜脈後的部位。只要將深層的動脈與皮下的靜脈互相連接，就能從該處採集大量的血液。但是時間一久，靜脈血管會因為長久施壓而膨脹，有時會變得跟這孩子的血管一樣。」

「採集大量血液……有必要做這種事嗎？甚至還要特地開刀。」

「這種手術是為了做血液透析。血液透析必須花費長達數小時的時間，抽取大量的血液，清除血液中的廢物、雜質之後，再導回身體。所以才在手臂上施以動靜脈瘻管手術，從該處抽取血液。這孩子一定患上了腎衰竭……」

秀悟話說到一半，忽然沉默不語。

「秀悟？」

愛美一臉狐疑地查看秀悟的表情，但是秀悟沒心力回答她。秀悟口中發出含糊的呻吟。

患有腎衰竭的男孩、左上腹的手術疤痕、並排的手術台、金庫的鉅款，以及孑然一身的病患們……

這間醫院的「祕密」，原本模糊的輪廓突然急遽清晰起來。

「……移植。」

秀悟微張的雙脣吐露這個詞彙。

不可能。無論有任何理由，他們都不可能這麼做。

秀悟亟欲否定自己腦中的恐怖想像。但是他越是思考，腦中的想像越是逐漸轉為肯定。

「病歷表！」

秀悟大喊一聲，視線飄向病房的各個角落。他沒多久就尋得他的目標。螢幕下方的架子上擺著病歷表。秀悟的手隱隱顫抖，取出病歷表。

病歷表的姓名欄只標註著「No・12」。秀悟急忙翻閱病歷，翻找他想找的頁數。他立刻就找到那一頁，上頭黏貼血液資料的頁面。

秀悟在昏暗的病房中，專注閱讀資料。

……果然如此。

秀悟眼前一黑，雙腳踉蹌不穩。

這份資料記載著顯示腎功能的肌酸酐含量，代號為「Cr」。一週前的血液資料肌酸酐含量為「四・一二」，是典型腎衰竭患者會有的數值。但是在最新的血液資料中，肌酸酐含量卻降到「〇・八二」。

秀悟藉由這份血液資料，以及今晚目擊的各種狀況，導出唯一的答案。病歷表從秀悟的手中悄然滑落。

「秀悟……怎麼了？」

愛美見秀悟垂下雙手，低頭不語，憂心地呼喚他。秀悟無力地抬起頭，喉頭勉強擠出嘶啞的聲音。

「這孩子……做過腎臟移植。而腎臟提供者就是剛才倒在三樓的那名男病患。」

3

「……冷靜一點了嗎？」

愛美關心道。秀悟則是抱著雙膝，點點頭。

大概十五分鐘之前，秀悟察覺了令人心驚膽顫的事實，便搖搖晃晃地走出病房，癱坐在走廊上。真相帶來的衝擊太過龐大，他無法馬上接受現實。

秀悟坐在地板上，抱頭苦惱。愛美坐在秀悟身旁，彷彿母親在安撫孩子一般，輕撫他的背部。

「已經……好多了。」

秀悟深深吐出氣息，這麼說道。腦中的混亂尚未完全平復，但他已經漸漸恢復平靜。

「那現在能解釋給我聽嗎？秀悟究竟發現了什麼？你說了移植兩個字，但我還是聽不太懂。」

愛美表情嚴肅地問道。秀悟再次呼出肺中囤積的空氣，直視愛美的雙眼。

「……這間醫院違法進行手術。而那間病房裡的孩子接受了這項手術。」

秀悟盡可能不帶情感地解釋真相。

「違法的手術？呃……那孩子是什麼人呀？」

愛美仍然不太能理解狀況，她皺起眉頭問道。

「他曾經患上腎衰竭，可能是有錢人家的小孩。」

「有錢人家？」愛美訝異地回問。

「腎衰竭是非常嚴重的疾病。病患的腎臟無法正常運作，要是放著不管，病患不到一週就會喪命。所以病人必須藉由血液透析淨化體內的血液，以延續性命。但是血液透析治療非常痛苦，他們必須在手臂上刺入粗針頭，花上數個小時將血液導入機器中循環、淨化。這種療程每週至少要作上三次，而且終其一生無法停止。」

秀悟淡淡地述說，愛美則是默默聆聽。

「這種治療連大人都難以忍受，更別說如此幼小的孩童。更何況，血液透析並非萬能，長時間進行透析療程更可能產生各式各樣的併發症。只有一個辦法能讓腎衰竭病患脫離透析療程的折磨。」

「有方法治癒嗎？」

「沒錯，就是腎臟移植。只要移植他人的腎臟取代自身的腎臟就行了。」

「他人的腎臟……要上哪找別人的腎臟呀？」

「大部分的案例是由家人提供。從活人體內摘除一顆腎臟，移植給病患，稱為『活體腎臟移植』。人類的腎臟有兩顆，即使剩下一顆腎臟還是能勉強過濾體內的血液。但有時候即使家人願意提供器官，還是會出現不相容導致無法移植的案例。這種狀況就只能登錄器官移植中心，等待屍體腎臟移植的機會。」

「屍體……」愛美的臉上閃過一絲畏懼。

「沒錯，人只要生前表達願意提供器官捐贈，死後就可以在家人的同意之下摘除器官，做為移植使用。但是現階段需要器官移植的病患，遠遠多過器官捐贈者。」

「原來如此……」愛美隱隱點了點頭。

「也就是說，有非常多腎衰竭患者即使強烈希望接受移植，他們也沒有腎臟可用。這些人只能持續進行血液透析，期待自己有一天幸運獲得移植的機會。原本應該是如此……」

愛美聽見秀悟話中有話，臉上不由得緊張起來。
「原本……這是什麼意思啊……？」
「有人會花上大筆金錢，從正規管道以外的方式獲得器官。」
「大筆金錢……也就是說，用錢……」
「沒錯，就是花錢買器官。人體摘除單邊腎臟還是能存活，肝臟則是保留一定程度的部分，切除的部分事後還是會再生。因此據傳在東南亞之類經濟較為貧苦的國家裡，私底下會進行違法買賣器官。」
「怎麼會……真的有這種事……」
愛美單手摀住脣邊，無言以對。
「我只是聽說，實際上我也不清楚傳聞哪些部分是真是假。」
「那……那間病房裡的孩子也是接受這種違法的器官移植嗎……利用國外買來的器官？」
愛美顫抖的指尖指向數公尺前方的病房房門。
「……不，並非如此。某方面來說，這間醫院的犯行更加惡劣。」
秀悟無力地搖搖頭，繼續解釋：
「移植用的器官自提供者的體內摘除之後，必須盡快進行移植，所以幾乎不可能使用國外送來的器官。但是這間醫院是在院內取得器官，再移植到病患身上。」

愛美微微皺起眉頭，她一開始還不明白秀悟的意思，幾秒之後便露出瞠目結舌的表情。

「這、該不會是……」

「沒錯，這間醫院從住院病患身上摘取腎臟，移植到別的病患身上，所以這裡的手術室才會有兩個手術台。先從一邊的病患身上摘除腎臟，再立刻移植到隔壁手術台的病患。這間醫院裡同時住院的病患維持在六十人以上，人數眾多，相對容易找出符合受移植者的器官。這間醫院在某種意義上，可說是移植器官的展售會。」

「……做、做這種事應該馬上就會露餡呀……像是被病患的家屬發現……」

「住進這間醫院的病患大部分都是孤苦無依、身分不明，再加上病患本身意識也不清楚。他們是特意挑選、收留這類病患，因此不論他們如何對待病患，曝光的風險都相當低。」

愛美粉脣半開，當場僵在原地。

「田所、東野、佐佐木三人都參與了這項手術。那些人一定是透過血液檢測找出身上器官與委託者相符的病患，再以病況惡化為由將病患帶進手術室，進行器官摘除手術。而接受移植的病患就經由這座祕密電梯，從一樓手術室前的走廊搬送到這裡。田所三人就像這樣進行違法器官移植，獲得大筆的金錢。院長室的金庫裡不是放了三千萬日圓？那筆錢一定是手術費吧。因為是見不得光的黑錢，才會放在那種祕密金庫裡。」

秀悟冷淡地說道。

「那麼……難道便條上的那七名病患就是……」

「是啊，那七名病患一定都被迫摘除腎臟。所有人都經歷怪異的緊急手術，而且現在仔細一想，他們的腎功能在術後都有些微衰退的狀況。肯定是被人拔走腎臟的關係。」

愛美聽完秀悟的解釋，低頭嘀咕道：「……太過分了。」

「是啊，很過分。這是惡劣至極的犯罪行為。田所害怕警察潛入會揭穿他們的罪行，才會那麼拚命阻止我報警。他們一定是打算在小丑離開之後，趁著警察抵達之前偷偷將那間病房裡的男孩送往別的地方。」

秀悟閉上雙眼，沉重地嘆口氣，做出結論。

「……這就是田所拚死隱瞞的『祕密』。」

走廊陷入一片沉重如鉛的靜默。一切真相大白，但其內容卻令人十分驚駭。秀悟與愛美只能低下頭，無言以對。

「……那小丑呢？」

「咦？妳說什麼？」

秀悟抬起頭看向愛美。

「小丑會闖進這間醫院，應該和這個『祕密』有關吧？他也是因為這個『祕密』，才會對我開槍、挾持我當人質，沒錯吧？」

愛美的語氣隱含著難以壓抑的憤怒。

「……我不知道。」

秀悟老實回答道。他回想起小丑至今的行為，那個男人看似懷抱某種目的才潛進這間醫院，偶爾卻又表現得相當輕率。

小丑的目的究竟是什麼？為什麼手機無法使用？是誰將便條夾進病歷裡？又是誰殺害佐佐木？

儘管已經解開了一項「祕密」，整起事件仍然謎團重重。

「……之後該怎麼辦呢？我們到底會變成什麼樣子？」

愛美有氣無力地低喃，對秀悟投去求助般的眼神。秀悟緩緩環視整條走廊。

他們的現狀如同走進死胡同。即使搭乘電梯下樓，一樓還有小丑守株待兔；延伸至備品倉庫的鐵門仍舊緊緊上鎖；男孩居住的病房窗戶可能也設置了鐵窗，更何況他們根本不可能從五樓的窗戶逃離醫院。

「……我們就繼續在這裡等著吧。」秀悟仰頭望向天花板，淡淡說道。

「等？要等什麼？」

「等著時間流逝呀。妳看。」

秀悟指著左手腕。手腕上掛著手錶，錶上指針已經指向凌晨四點八分。

「再過不到一個小時就要五點了，早出門的員工應該會在那個時候來上班。小丑最好在那之前離開醫院，他到時要是還繼續潛伏在醫院裡，應該會有人通知警察。與其輕舉妄動，還不如老實地在這裡等著……」

秀悟說到這裡，走廊上突然傳來開鎖聲。秀悟與愛美同時望向聲音來源。走廊盡頭的鐵門緩緩朝著內側開啟。秀悟急忙站起身，護在愛美身前。鐵門門縫中鑽出了人影，那兩人都身著白衣。

田所與東野走進門內，一看見站在走廊上的秀悟兩人，一時之間目瞪口呆。

「為、為什麼你們會……？」

田所張大嘴，含糊不清地問。

「……當然是搭電梯來的，我們搭上了那座祕密電梯。」

秀悟猶豫了片刻，沉聲說道。

事到如今他們不可能蒙混過關，只能正面出擊。

「電梯……你們是怎麼到一樓……」

「那種事根本無關緊要。」

秀悟面對啞口無言的田所，語氣冰冷地說道。

「比起我們，您為什麼要隱瞞那座電梯的事？要是能善用那座電梯，我們搞不好逃得出這座醫院啊？」

「那是……假如我們逃走了，那個小丑可能會殺了病患……所以……」

「少說謊了！」

秀悟憤怒地打斷田所的胡言亂語。田所扯了扯唇。

「您根本不在乎院內的病患吧。不、不對，嚴格來說您只打算保護那一名病患而已。」

「你該不會……」

田所的視線立刻飄向秀悟身旁的病房房門。

「沒錯，我已經去過那間病房，也看到在裡面沉睡的孩子。」

田所聞言，雙眼開始游移不定。

「那、那孩子是……某個政治家的私生子……那個、他得了難以治癒的絕症，又害怕孩子曝光，所以才安置在那間病房裡……好讓那位政治家可以私下來探病……」

田所斷斷續續地說著。秀悟裝腔作勢地大嘆一口氣。

「院長，您沒必要特意想藉口，我已經都知道了。那名住院的男孩在這幾天內接受過腎臟移植，而且應該是用剛才倒在三樓的那名男病患身上的腎臟吧。」

田所與東野的表情頓時有如被火焰熔化的蠟燭，歪斜難堪。

「不只是三樓那名男病患。你們在最近幾年內，從好幾名住院病患身上摘走腎臟，移植到別人身上，以換取大筆金錢。而且你們還為了隱瞞這件事，拚命妨礙我報警！」

秀悟一口氣說完，一時之間喘不過氣。

「祕密」一旦曝光，田所會做出什麼舉動？秀悟無法預測。假設最糟糕的狀況，他可能會打算殺人滅口。

秀悟隱隱站穩重心，握緊雙拳。田所年邁力衰，腳上又有傷，只要秀悟不掉以輕心，就算遭到田所攻擊還是有辦法回擊。秀悟戰戰兢兢地觀察田所，田所則是全身隱隱顫抖著。

「……不可以。」

田所低著頭嘀咕著什麼，但是聲音太小，秀悟聽不太清楚。

「什麼？你說什麼？」

秀悟維持戒心，開口回問。下一秒，田所猛然抬起頭。

「到底有什麼不可以！沒錯，就如同你說的，我是拿住院病患的腎臟移植給腎衰竭病患。但是那又如何！我是在幫助人啊！」

田所肥厚的嘴唇不停顫抖，口沫橫飛地大喊。

「你、你在胡說什麼……？那根本是犯罪……」

秀悟頓時目瞪口呆。田所眼神銳利地盯著秀悟。

「我的確是犯了罪，而世人也會將我當作罪犯逮捕。但是啊，病患接受移植之後就能脫離血液透析的折磨，他們可是很感激我的！」

「接受移植的那一方或許是如此，但是提供者呢？你可是擅自切開他們的身體，拔走他們的器官啊！」

「他們早就死了！」

秀悟聽了田所的發言，不禁懷疑起自己的耳朵。

「你……到底、在說什麼？」

「你也觀察過這間醫院的病患們吧。大部分的病患都是昏迷不醒，或是等同於無意識的狀態。他們的意識幾乎不可能恢復正常。他們的身體的確是活著的，但是身而為人的那部分早就死亡了！」

田所握緊拳頭，再三強調自己的主張。秀悟見到田所的態度，心中的厭惡幾乎要令他反胃。

「少胡扯了！你憑什麼這麼判斷？深度昏迷的病患還是有可能恢復意識啊！」

秀悟大喊的瞬間，田所與東野的神情隱約出現動搖。

他當然注意到兩人的神情。

「……器官遭到摘除的病患當中，有人恢復意識了，是吧？」

田所與東野面對秀悟的追問，始終保持沉默。但兩人的態度足以證實秀悟的猜測。

「那名病患……後來狀況如何？你們該不會……」

秀悟張嘴結舌，半天說不出話來。

田所根本不把住院病患當作人類看待，萬一有病患在摘除器官後恢復意識，他究竟會採取何種行動？秀悟光是想像就感到戰慄。

「沒有！我才沒有做出那麼傷天害理的事，你別胡思亂想。那名病患已經徹底喪失出事前的記憶，所以我們告訴對方身上原本就存在手術疤痕，對方也接受這個解釋。現在是讓對方正常進行復健，以便日後有機會回歸社會。」

田所扯起嗓子極力解釋。秀悟則是拋去疑心重重的眼神。

「……但你原本就是擅自切開病患的肉體來致富。無論你如何事後掩飾，都無法抹滅你犯下的罪行。」

秀悟沉聲說道。只見田所譏諷般地勾起嘴角，露出僵硬的笑容。

「你、你從剛剛開始就一副高高在上地指責我，但某方面來說，你也是共犯呀。」

「共犯!?你說我？」

秀悟聽見意料之外的指責，嗓音頓時高八度。

「沒錯。你的確不知道我們摘走病患的器官，但是你應該很清楚，這間醫院是仰賴這些昏迷不醒的病患維生！」

田所激動得滔滔不絕。

「對意識不清的病患裝設鼻胃管、胃造廔管（註11），或是經由中心靜脈注射點滴，強迫病患攝取營養；腎衰竭病患則是不斷重複進行血液透析；病患稍微發燒就開立大量抗生素。你以為這種治療真的是為病患著想嗎？不過這種強制續命的治療，在現在的日本不過是稀鬆平常。我們醫院就是像利用這種方法賺取醫療費用，而你就在這種醫院工作！」

「我只是盡值班醫師的職責，治療病情惡化的病患而已！」

秀悟氣得漲紅臉，田所的指責實在是強詞奪理。

「你想說自己只是每週輪班一次，就不用負任何責任嗎？我們可是用榨取來的醫療費用支付你的輪班薪水呢。打從你領取我們醫院薪水的那一刻開始，你就是這間醫院的一員，你當然必須為院內發生的一切負上責任！」

田所嘶吼著，但是他的主張根本是一派胡言。秀悟放棄反駁田所。這個男人處於這種狀態下，跟他說再多都是白費唇舌。更何況……田所的話多少有一點道理。

秀悟回想起他在院內見過的病患們。這些病患全都是藉由不自然的療程，強行維持他們的性命。而秀悟的確屬於加害者那一方。

註11 Percutaneous endoscopic gastrostomy，此項手術會在胃及腹壁上打洞，從體壁放入灌食管，不經過鼻子及食道進行灌食。

「秀悟……」

身後傳來愛美擔憂的呼喚。秀悟回頭悄聲說一句：「沒問題的。」接著他往田所的方向踏進一步。田所雙眼充血地凝視秀悟。

「我是不知道自己需不需要為此負責，但假如我能平安走出這間醫院，我會馬上前往警局招出一切。所以請您別再掙扎了。」

田所齜牙咧嘴，猙獰得甚至連牙齦都露出來。

「等、等一等！這件事沒那麼簡單，不是只有我會出事！要是這件事公諸於世，會引發喧然大波……」

「……也就是說，接受移植的對象中有公眾人物，是吧？」

「……是啊，沒錯。」

田所猶豫地點點頭，接著將上半身湊過來。

「假如、假如你願意保密，我可以分你一杯羹。手術費的金額可是相當龐大呢。」

田所露出獻媚的笑容。秀悟漠然地直視田所，腦中不斷模擬今後的對策。

「當然，這邊這位小姐如果願意一起保密，我也會支付謝禮。妳今晚捲進這場意外的確是相當倒楣，但我會支付相應的金額補償妳。妳意下如何？」

「別開玩笑了！我根本不屑……」

愛美正要高聲抗議時，秀悟忽然舉手制止她。愛美詫異地低喃：「秀悟？」

「多少錢？」

秀悟收起下顎，目光朝上望著田所問道。田所的神情豁然開朗，身後的愛美則是倒抽一口氣。

「你、你問多少錢嗎？我現在立刻能準備大概五千萬日圓，但是你如果願意稍微等一等，還能再抬個價，大概……還可以拉到七千萬左右。」

「我明白了，可以。就七千萬，我和她對半分。」

「你在胡說什麼呀!?」

愛美尖叫似的怒斥。秀悟轉頭看向愛美：

「好了，妳就聽話照做。我們都遭受這種無妄之災了，不拿點補償說不過去。更何況，突然能一下子到手三千五百萬，倒也還不壞。」

「你……是認真的嗎？」愛美瞪大雙眼，語帶顫抖。

「沒錯，我是認真的，這麼做最適當。妳現在或許沒辦法接受，但是等妳之後冷靜想一想，自然會明白這個選擇最正確。」

「那病患、被拔走腎臟的病患們該怎麼辦呀!?」

「剛才院長也說過，這些病患恢復意識的機率極低，他們不會抱怨的。不只如此，這些病患們看到自己的器官救了別人一命，反而該開心吧？」

「剛才不是說……還是有病患恢復意識……」

「唉呀，那個人就只能請他放棄了，算對方倒楣。沒問題，對方還留下另一邊的腎臟，可以正常維持日常生活。」

秀悟冷淡地說著。愛美的粉唇垂下，手掌使勁一揮。「啪！」清脆的聲響迴盪在走廊上。

「……滿意了嗎？」

秀悟輕撫被打過的臉頰。愛美隨即撇開視線，姣好的臉蛋極度扭曲，彷彿在強忍痛楚。

「那個……她沒問題嗎？」

田所開口詢問秀悟。秀悟聳肩苦笑：

「沒問題，我會說服她的。她也不笨，好好解釋清楚，她自然明白怎麼做比較好。」

「那就好……」

田所忐忑不安地望著愛美。

「院長，先不說這個，要是這次能順利瞞天過海，您還會繼續進行器官移植吧？」

秀悟隨口問道。田所則是含糊其辭：「不……這個嘛……」

「拜託，千萬別在我剛入夥的時候就洗手不做了。我都一起冒這麼大的風險，之後不多賺點划不來啊。我至今不太有機會獲得賞識，但我自認自己身為外科醫師的技術還算不錯。我可以以助手的身分協助您，就麻煩您多提拔了……尤其是這方面。」

秀悟以拇指和食指做一個圓形的手勢。

「……我明白了，我會想辦法讓你也賺到錢，這總行了吧。」

「當然了，成交。」

秀悟笑容滿面地伸出手。田所則是略顯遲疑地握住秀悟的手。

「那麼院長，我們接下來該怎麼辦呢？」

「啊，是啊，也是。我想我們就在這裡等到小丑離開為止。那邊的門是鐵門，很堅固，而且在備品倉庫那一側也做了偽裝，很難看出這是一道門。小丑一定沒辦法進來這裡。只要等五點一到，那個小丑離開了，我們藏好該藏的東西，就可以通知警察……」

「那個小丑真的會離開嗎？」秀悟低聲嘟囔。

「嗄？什麼意思？」

「就是字面上的意思。院長，我們已經是『共犯』了，請老實回答我。」

秀悟說到這裡，轉眼便沒了笑容。

「小丑的真實身分，您有頭緒嗎？」

「我、我怎麼會知道那傢伙的身分……對吧？」

田所立刻問向一旁的東野。東野露出憔悴至極的神情，疲憊地點點頭。

「真的不知道嗎？院長認為……不、是您以為那個男人是搶劫犯，但或許還有其他可能性也說不定。」

秀悟收起下顎，雙眼狠瞪著田所兩人。

「你、你說什麼……」

「剛才我也說過了，假設那男人只是一名強盜，他的舉動未免太古怪了。院長當時從院長室的金庫拿錢交給那個男人，但他似乎更在乎錢以外的東西。三千萬，他明明得到這麼一大筆錢，卻沒露出一絲喜色，反而怒氣衝天，打算對您開槍。」

「這……」

「那個小丑不只是搶劫犯，他的目標可能一開始就是這間醫院。假如真是如此，恐怕五點一到，他也不一定會離開。我們是不是該思考一下要如何應對這種狀況。」

秀悟悄聲說道。田所聞言，喉頭發出「咕嚕」一聲，吞一吞唾沫。

就在此時，「叮——」秀悟身後忽然傳來清亮的電子音。秀悟反射性回頭一看，他的喉嚨不由得發出渾濁的呻吟。

「你們居然跑來這種鬼地方。」

小丑走出電梯，他的語氣不同於面具上的笑容，十分凶惡。

4

愛美身前。

秀悟勉強擠出沙啞的問句。小丑舉起持槍的右手，緩緩向前走去。秀悟急忙護在

「為、為什麼……」

「為什麼？你是問我為什麼找得到電梯嗎？」

小丑威嚇似的說，漸漸靠過來。秀悟等人一步一步向後退去。

「我關掉那台吵翻天的電視之後回到一樓，就聽見手術室那裡有聲音。跑去看一下，結果根本沒人，我心想可能有人躲在附近，只好死命地在手術室跟走廊上找來找去。接著就發現牆壁開了條縫。」

小丑說得口沫橫飛。秀悟聽著小丑的解釋，臉色越來越難看。他搭上電梯時應該有從內側關上暗門，但還是沒關好嗎……後悔一點一滴地折磨著秀悟。

「我一拉開，裡面突然出現一座電梯，嚇了我一大跳啊。總之我先搭上來看看，就看到你們幾個在這裡啦。喂，我說院長大人，這裡是什麼地方啊？」

「……這裡是五樓倉庫的內部。」
田所畏畏縮縮地說道。
「倉庫？啊、院長室再過去的那扇門就連到這裡呀。可是倉庫裡怎麼會有這種走廊咧？」
小丑將槍口指向田所，不耐煩地問道。
「這裡……這裡是VIP用的病房。有些病患不願意讓人知道自己住院，所以才建了這裡讓他們可以私底下入院，就只有這樣而已。」
田所頓了頓，接著急忙解釋。他口中的解釋並非謊言，但也不完全屬實，聽起來比胡亂掩飾還要真實多了。
「也就是說，有VIP住在那間房間裡呀？那他應該比你們還值得抓來當人質嘛。」
「現、現在住在裡面的是小孩！他、他是我的外甥，我讓他住進那間房裡，比較方便我常去檢查病情。拜託不要傷害我的外甥！他還只是小學生啊！」
田所拚命扯謊掩飾。小丑面具上露出的雙眼緩緩瞇起，他手上的槍仍然對準秀悟等人，同時靠近病房房門，微微拉開拉門窺視房內。
小丑沒多久便關上房門，懊惱地嘀咕：「還真的是小孩啊。」

「不、不要對那孩子動手，拜託你了……」
田所摩擦著雙手，彷彿在求神拜佛似的。
「說什麼廢話。只要你們老實點，我也不想傷害小孩子啦。」
小丑用力嘖了一聲。田所則是雙手合十，露出放心的神情。
「……總之，你們所有人都給我回樓下去。那邊的門出得去吧？快走。」
小丑抬一抬下巴。秀悟等人遵照指示，由田所帶頭慢吞吞地往走廊前進。
備品倉庫裡放著大量的病歷及醫療器材等物品。小丑手上的槍仍舊瞄準秀悟一行人，他們穿過備品倉庫，走到院長室前的走廊，沿著樓梯抵達二樓。田所腳上有傷，所以一行人光是走到二樓就花了快十分鐘。
「好了，你們先搬椅子過來坐下。」
秀悟四人一到達透析室中央，小丑便下達指示。
「……你要我們坐在這裡做什麼？」
秀悟語帶戒心地問道。小丑冷哼一聲。
「我要把你們綁在椅子上，免得你們又搞些有的沒的。喂、這麼說起來是不是還有一個女的？那個沒啥存在感的女人，她跑哪去了？」
小丑開始左顧右盼透析室。
「搞什麼鬼，那個女人該不會一個人躲在別的地方吧？」

秀悟見到小丑蹬一蹬地板，不禁皺眉。小丑是刻意假裝，還是真的不知道佐佐木已經死了？他無法判別。

「喂，我在問你啊？那個護士去哪了？」

小丑望向秀悟。秀悟一時遲疑，正猶豫該如何回答，一旁忽然響起尖叫聲。

「不就是你殺死她了嗎！」

東野在這數十分鐘內幾乎默不作聲，此時卻突然漲紅圓臉，放聲大叫。

「你裝什麼！就是你、是你殺了佐佐木啊！你為什麼要殺掉佐佐木？你這個殺人凶手！」

東野雙眼充血，嘴角沾著唾沫，不斷吼叫。小丑瞪大雙眼。

「我殺的？妳在鬼扯什麼？我根本沒殺人……」

「除了你以外還會有誰啊！佐佐木原本下個月就要結婚了，早就準備辭掉醫院的工作。為什麼變成這樣……」

東野雙手摀住臉，無力地跌坐在地，原本圓滾滾的身軀縮得更圓。小丑茫然地望著東野抽泣的模樣。

「什、什麼啊……居然真的有人死了嗎？不會吧，我根本……」

小丑半開的嘴中吐出微弱的低喃。

秀悟平靜地觀望混亂不清的局面。小丑與東野慌張的態度，乍看之下都不像是裝出來的。假設這兩個人並沒有動手殺害佐佐木……

秀悟的目光立刻飄向站在一旁的田所。

下一秒，秀悟瞪大雙眼，視線遺留在半空中徘徊著。他剛才似乎有一瞬間聽見了「那個聲音」。

是錯覺嗎？秀悟將全身神經集中在聽覺上。雖然聽起來非常、非常輕微，但是「那個聲音」確實撥動了耳膜。

絕不是聽錯！秀悟如此斷定，繃緊面孔。同一時間，在場所有人流露一絲動搖。

小丑立刻蹬地奔向窗簾遮蓋住的窗戶。他微微拉開窗簾，窺視窗外，接著僵在原地數秒，緩緩轉過頭看向秀悟等人。

「……這是怎麼搞的？」

小丑壓抑情緒低聲說道，接著慢慢拉開窗簾。

好幾台巡邏車響著嗚笛聲，一一衝進醫院後方的停車場。

警示燈鮮紅且不祥的光亮映照在小丑的側臉上。

第四章

面具剝落

1

秀悟坐在鐵椅上，低頭望著手錶。現在時間來到凌晨四點五十分。原本再過十分鐘，他們就能解脫。到時小丑會離開醫院，所有人都能平安無事。但這份希望早已煙消雲散。

秀悟看著小丑。警官包圍醫院之後大約經過二十分鐘，小丑焦躁地在室內踱著步子，時不時拉開窗簾觀察外頭的狀況。每當小丑查看完所有窗戶，就能聽見他咂舌的聲響。由此可見，醫院早已完全被團團包圍了。

秀悟望向自身周遭。田所、東野，以及愛美三人將椅子排在秀悟四周，坐在他的身邊。三人臉上都顯露濃濃疲態。

我的表情應該也很慘吧。秀悟感受到體內沉重的疲勞，並且凝視著愛美的側臉。

秀悟答應加入田所成為「共犯」之後，愛美就再也沒和他說過一句話。

愛美似乎察覺秀悟的目光，她抿一抿雙唇，撇過頭去。秀悟垂下頭，深深地嘆口氣。他現在很想跟愛美說說話，但狀況似乎不允許他這麼做。

裹著運動鞋的雙腳闖入秀悟的視野之中。秀悟抬起頭，便見到小丑舉著槍，站在自己面前。

「……是誰？」

小丑恫嚇般地沉聲問道。

「是誰報警？」

沒錯，問題就在這裡。到底是誰報警？秀悟在這二十分鐘裡不斷思索這個問題，仍然得不出結論。

我和愛美曾經打算報警，卻失敗了；田所之前拚死也要阻擾他們報警，不太可能是他。那會是東野嗎？因為佐佐木受害，東野的精神終於瀕臨極限，所以才違背田所的命令報了警？

「我在問到底是誰報警的啊！」

小丑歇斯底里地大吼，舉起手槍左右晃動。

「我一開始就說過了，要是有人報警，你們所有人都會倒大楣。是誰？到底是誰叫警察來的！院長，是你嗎！」

小丑一邊嘶吼一邊瞄準田所。田所雙手高舉身前，全身蜷縮起來。

「不是！我根本沒有報警！不要開槍！」

田所渾身發抖，奮力大喊。秀悟望著田所，不斷思考著。

先不說「是誰」，那人到底是「如何」報警的？醫院內的有線電話全都打不通，手機也收不到訊號，即使有人想報警也做不到。難不成是醫院外的某人察覺異狀，才報了警……

秀悟想到這裡，房內突然響起爵士樂。這歡樂的旋律實在不符現狀，秀悟四處張望尋找聲音來源。

「……是我的手機。」

田所畏畏縮縮地從白袍取出折疊式手機。

手機打得通了？秀悟將手伸進白袍口袋，拿出自己的智慧型手機。液晶螢幕上的訊號標誌顯示三格全滿。

「誰打來的？」

小丑沉聲問道。

「我、我不認識這個號碼。」

田所扯著嗓子回答。小丑沉默幾秒，朝著秀悟抬一抬下巴。

「你去接。」

「咦？我嗎？」

小丑冷不防地命令秀悟。秀悟指著自己，愣愣地問道。

「沒錯，就是你。因為你看起來最冷靜。廢話少說，快點接。」

「呃、好，我明白了。」

秀悟急忙從田所手中接過手機，按下通話鍵後貼向耳邊。

「請問是田所醫生嗎？」

話筒中傳來男人的聲音。語氣聽起來沉著，似乎是一名中年男人。

「不……田所醫師現在無法接電話，所以……」

是田所的熟人嗎？秀悟疑惑地回答。

「原來如此。我是警視廳的角倉，假如我搞錯的話請見諒。請問你就是躲藏在田所醫院裡的歹徒嗎？」

自稱角倉的男人依舊沉穩地問道。這通電話是警察打來的。事出突然，秀悟一時不知道該如何反應。

「那個、麻煩你稍等一下。」

秀悟用手掌蓋住話筒，看向小丑：

「是警察打來的！他在問我是不是犯人？」

秀悟驚慌失措地說道。小丑翹起嘴角：

「哈，終於打來了。聽好了，你先自報身家，然後叫警察打到這支號碼。說完之後不要廢話太多，直接掛斷電話。明白了嗎？」

小丑從牛仔褲的臀後口袋取出一張便條紙，上頭寫著一排「090」開頭的電話號碼。

「那、那個，不好意思，讓你久等了。」

「不會，請別在意。那麼我再重複一次，藏匿在醫院裡的男性歹徒就是你嗎？」

角倉在電話另一端重複了問題。

「不，我是其中一名人質，現在是應犯人要求與您對話。我叫做速水秀悟，是這間醫院今晚的值班醫師。」

「速水醫師嗎？我明白了。不過就警方收集到的資訊，醫院今日的值班醫師應該是隸屬於調布第一綜合醫院泌尿外科的醫師，名字是小堺司。」

秀悟瞪大雙眼。警察得知醫院遭到占據之後，應該還過不了多少時間，他們居然已經調查得如此詳細。

「是，原本的確是小堺醫師值班，不過小堺醫師今天臨時有事無法值班，才會由我暫代。我是小堺醫師的學弟，我們在同一間醫院工作。」

「原來如此，我明白了。順帶一提，是否能詢問院內的狀況？」

「不，犯人禁止我透露情報。另外，犯人要求警方之後重新打電話到另一支電話號碼。我現在就告訴您號碼，您手邊有紙筆嗎？」

「有的，請說。」

「麻煩您了，電話是090……」

秀悟報上便條紙上的號碼，接著對角倉說一句：「我要掛電話了。」最後結束對話。

「我全都按照你說的去做了。」

秀悟放下手機。小丑滿意地點點頭。

「很好，然後你們把手機全都關機。這間醫院等一下應該會上新聞，可能會有記者拚命打電話到你們的手機裡。」

秀悟點點頭，順從地照做。田所也從白袍中取出東野與佐佐木的兩支手機，關閉電源。

「這個你拿去。」

小丑從外套的內袋拿出一支小型手機，拋向秀悟。秀悟雙手接住手機。小丑在手術室播放單波段程式時是使用智慧型手機，而現在秀悟拿到的是另一支手機，外型樸素。

「這是？」

「這是從特殊管道弄來的預付卡手機，利用這東西就不用擔心身分曝光。你就用這玩意和警察對話。」

預付卡手機？何必這麼麻煩？秀悟心中的疑問正要脫口而出，手機的來電鈴聲便響了起來。

「喂，他在問醫院的狀況，我要怎麼說呀？」

「無所謂，就老實告訴他……不過有人死掉的事不要說溜嘴，還有告訴他們，假如讓我發現警察進到醫院裡，我會直接殺掉人質。」

「……我知道了。」

秀悟吞一口口水，按下通話鍵。

「喂、我是角倉，請問你是……」

「我是速水，剛才和你通過電話，犯人指示我與您對話。」

「速水醫師嗎？我希望能直接與犯人交談，能否請您代為詢問犯人的意願？」

「好的。」秀悟再次遮住話筒，看向小丑：「警方說想直接和你對話。」

「我才不要。那傢伙一定是談判專家，要是直接跟那傢伙對談，搞不好所有事情就會被他牽著鼻子走。我會透過你跟他交涉，就這麼跟他說。」

小丑一口否決。秀悟放開話筒：

「他說所有交涉都會透過我進行，似乎不願意直接對談。」

「我明白了。那麼請幫我轉達，假如他改變主意，我隨時都願意與他對話。那麼速水醫師，您是否能描述一下目前的狀況？」

角倉的態度仍舊沉穩，平靜地問道。

「可以。現在院內的人質有醫療人員……四名、犯人帶來的女子，以及六十名以上的病患。病患都待在三樓以上的樓層，我們五人則是遭到持槍的犯人囚禁在二樓。犯人威脅我們，萬一警察闖入院內，他就要開槍射殺我們。」

「了解。那麼能否請教一下該樓層所有人員的姓名呢？」

「我、院長田所醫師、兩名護理師東野小姐與……佐佐木小姐。最後是犯人帶來的女子川崎小姐。」

「那位川崎小姐，就是犯人在調布市路旁挾持的女子嗎？假設是的話，請告知我她的全名等個人資料，以便警方確認她的身分。」

「全名是川崎愛美小姐。愛情的愛，美麗的美。她表示自己就讀於附近的女子大學……」

秀悟將目光轉向愛美，打算詢問她是就讀哪裡的大學，愛美卻刻意撇過頭去。她似乎還沒原諒秀悟與田所同流合汙。

「你們是要廢話到什麼時候？已經夠了，快點掛斷電話。」

小丑不耐煩地拋下這句話，將手槍瞄準秀悟。

「犯人命令我暫時掛斷電話。」

「請等一等。最後請代我詢問犯人，他是否有任何要求？」

秀悟正要結束對話時，角倉這麼問道。

「警方問你有沒有要求。」

小丑聞言，裸露在外的嘴角揚起笑容。

「我在中午之前會提出要求，叫他們再等幾個小時。只要他們願意接受條件，我就釋放人質。」

要求？他究竟想要求什麼？秀悟皺起眉頭，但還是一字不漏地將小丑的話轉告角倉，接著結束通話。

「……這樣就行了嗎？」

秀悟問道。小丑瞇起眼：

「嗯，這樣就行了……」

小丑的語氣顯得意外平靜。秀悟只能默默注視著小丑。

『這裡是現場。昨晚一名男性歹徒闖入調布市的一間便利商店，開槍並搶奪現金。而現在該名歹徒挾持人質，躲藏在醫院內部。另外有民眾目擊，歹徒在逃離之際綁架路旁的女子。根據警方表示，該名女子現在也成為其中一名人質。目前歹徒挾持該名女子，以及住院病患、院內大夜班醫療人員，總計高達數十人以上，人質的安全令人擔憂。警方現在仍然盡力說服歹徒投降，但歹徒尚未有任何動靜。以上是現場最新狀況。』

液晶螢幕裡的女記者說得口沫橫飛。小丑站在窗邊，同時望著開啟單波段程式的智慧型手機。他伸手碰一碰手機螢幕，切換頻道。切換後的頻道也播放著從外拍攝的田所醫院。

時間早已來到上午六點。警察包圍田所醫院之後，大約經過一個半小時。早晨的新聞節目大多都在轉播田所醫院的挾持事件。

小丑將智慧型手機收進口袋裡，從窗簾的隙縫望著外頭。小丑在這一個小時內，每隔數分鐘就會查看醫院外頭與新聞節目。

秀悟雙手抱胸坐在鐵椅上，不斷觀察小丑。秀悟與角倉結束對話後一個小時，在場成為人質的一行人幾乎沒有任何對話。愛美仍然露骨地躲避秀悟，田所與東野則是疲憊不堪，沒力氣主動開口。凝重難耐的沉默持續了一個小時，但多虧這段時間，秀悟總算能靜下心仔細思考。

現在究竟處於什麼狀況，以及之後該怎麼做。

他逼迫大腦運轉至極限，最後終於得出一個假設。一個不合常理的假設，但是除此之外沒有別的可能性。

既然如此……

秀悟以右手手指轉動原本放在白袍口袋裡的麥克筆，左手拿著手機。他凝視手機，腦中模擬著接下來的行動，此時電話忽然響起來電鈴聲。應該是角倉打來的。這一個小時內手機響了好幾次，但是小丑除了一開始的那一次，完全不准秀悟接起電話。

「電話又響了。」秀悟將手機舉到小丑眼前。

「……別管它。」

小丑百般無趣地回答，再次望向窗外。秀悟確認小丑的舉動之後，緩緩從鐵椅上站起身。身旁的愛美臉上閃過一絲訝異。

秀悟將食指搭在嘴前，阻止愛美開口，接著垂下目光，手中的手機彷彿耍賴似的，持續大聲響鈴。

倘若自己的假設正確，這麼做就能一口氣推動現狀。但如果自己猜錯了……兩種想法激烈地盤旋著，內心搖擺不定。秀悟咬緊牙根，下定決心，將電話貼在臉旁。

「您好，是角倉先生嗎？我是速水，我來轉告犯人的要求。」

秀悟急促地說道，並且慢慢退向透析室深處。三名人質瞪大雙眼望著秀悟。

「請在後門準備食物，什麼都可以，盡快就好。咦？你們早就準備好以防萬一了呀？好的，那也可以。」

「你搞什麼鬼!?」

小丑察覺秀悟的舉動，放聲怒吼。但是秀悟仍然一步步向後退，口中不停說著：

「請警察把食物放在門前之後馬上離開，由我們拿進醫院裡。當然，請警察不要進入醫院，或是試圖救走取餐的人質。犯人說你們要是輕舉妄動，就殺光剩下的人質。」

「你在隨便胡說八道什麼，快掛斷！現在就掛斷電話！」

小丑咆哮著，槍口瞄準十公尺外的秀悟，食指扣住扳機。

「那就麻煩您了，還有其他要求的話會再告訴您。」

秀悟匆匆說完之後，抓著手機舉起雙手。

「……你在打什麼主意？」

小丑雙眼充血，惡狠狠地瞪著秀悟。

「就是你剛才聽到的，我要求外頭準備餐點。警方說他們早就準備好了，馬上就會拿到後門來。真是準備周到呀。」

秀悟語氣輕佻，臉上浮現笑容，但內心卻與表面相反，心臟瘋狂跳個不停，背上冷汗直流。

這個男人應該不會這裡開槍。應該不會的……

槍口瞄準著秀悟，令他產生一種錯覺，彷彿自己逐漸被吸進那槍口似的。秀悟努力壓抑心中的恐懼。

「誰叫你去要食物的，我明明是叫你不要接電話！」

「是你這一個小時毫無動靜，我才代替你提出要求。你從昨晚到現在什麼都沒吃，肚子一定餓了。你不餓我也餓了。我們不知道這種狀況還要僵持多久，不吃點東西身體會撐不住。」

秀悟扯起嗓子不停地說。

「多管閒事，你搞亂我的計畫了！」

小丑大步靠過來，兩人之間的距離縮短到兩公尺左右。

「別那麼氣鼓鼓的。你一定是肚子餓了才會這麼煩躁，總之就先讓院長和東野小姐去拿餐點吧。至少他們兩個人不會丟下住院病患逃走。」

「閉嘴！不准命令我，居然給我亂搞一通！」

小丑舉著槍，氣得口水直噴，不斷怒吼。秀悟突然將手機湊到小丑眼前。小丑頓時渾身一震。秀悟見到扣在扳機上的手指隱隱使力，緊咬牙根。

「……那就你來。」

秀悟從緊咬的牙間擠出聲音。

「……嗄？」

小丑大吃一驚，下意識驚呼一聲。

「我說既然你那麼多抱怨，何必把手機交給我，自己去跟警察交涉啊！你明明是個膽小鬼，只敢躲在我背後跟警察周旋，少囂張了！我才不想繼續空等下去！」

秀悟的聲音震撼房內的空氣。田所、東野、愛美三人坐在十公尺外的位置，屏息關注狀況如何發展。

小丑默默不語，銳利的眼神目不轉睛地盯著秀悟遞出的手機上。房間的氣氛逐漸凝結。

「……怎麼了？你是要拿手機，還是不拿？」

秀悟忽然態度一轉，平靜地問道，手機仍舊直直遞向小丑。

小丑沉默數秒後，一把搶走手機塞進牛仔褲的口袋裡，接著將手槍從秀悟的額前移開。秀悟雙手撐著膝蓋，大口嘆息。

「喂，院長大人啊。」

小丑回過頭，百般無趣地說道：

「你帶著那邊的護士去後門拿飯來。」

「咦？」田所不可思議地眨眨眼。

「我的確是餓了。啊，你可別趁機逃跑啊。你要是逃了，我就幹掉幾個病人。不過院長應該是不會丟下病患逃走吧。」

小丑隔著面具抓抓頭，但田所等人遲遲沒有動作，他朝著兩人怒吼：「快去！」田所與東野猛地跳起來，邁步走向最深處的電梯。

田所兩人與秀悟擦身而過。秀悟在錯身之際對田所使了使眼神。田所剎那間露出訝異的神情，接著立刻瞪大浮腫的雙眼，微微點頭。

好了，接下來才是重頭戲。秀悟目送田所與東野消失在電梯裡，緩緩握緊拳頭。

2

腳隱隱作痛。數小時前子彈擦過右腳，他每踏出一步，右腳便掠過一陣麻痺般的疼痛。但是他現在沒時間在意痛楚了。

田所搭著電梯來到一樓，強忍痛楚不斷前進。

「那個、院長……」

「妳別管，跟我來！」

身後的東野正要開口詢問，田所怒吼打斷她，接著站在鐵門前方。那扇鐵門正是隔開外來病患等待室與走廊的鐵門，鐵門另一頭則通往手術室。

田所雙手搭在門上，使勁推開。右腳撐住全身，燒灼般的痛楚爬過神經，田所仍然無動於衷，繼續用力推開鐵門。鐵門微微開啟一條門縫，田所便將小腹凸起的身體擠進門縫裡。

走廊上的暗門仍然開著，露出門內的電梯。田所拖著傷腳走過去，關起暗門。

如同速水的推測，這座電梯的確是用來運送接受「祕密手術」的病患。接受器官移植的病患會經由這座電梯往來特別病房與手術室，避人耳目。而正是這座直接連接一樓與五樓的電梯，令田所打起「祕密手術」的主意。

這座醫院原本是一間精神科醫院，田所買下這棟建築物時就已經存在這座祕密電梯。醫院在重新裝潢之前，五樓原本設有重症患者專用的隔離病房，當一般治療無法壓抑這些重症病患的病情，就會將他們帶到隔離病房接受電療等療法。院方可能是為了不讓其他病患發現，私底下利用這座電梯將重症病患送到治療室。

田所緊咬嘴脣，幾乎要咬出血來。一切的起因是美國某間大型證券公司宣告破產，全球經濟從此嚴重衰退。而田所長年進行投機性質的投資，因此遭受鉅額損失，背上大筆債務。身處絕境的田所不斷苦思，最後想出這項「祕密手術」。

在院內往來進行透析的病患當中有一名男病患，他在自己那一代內開設一間規模龐大的資訊企業，並擔任該企業的董事長。那個男人因為糖尿症腎病變導致腎衰竭，已經進行透析超過五年以上，他總是將這句口頭禪掛在嘴邊：

「為什麼我再怎麼有錢都買不到腎臟？假如能讓我停止洗腎，要我花多少錢我都願意呀。」

某一天，田所在那個男人結束透析後，將男人請到院長室，戰戰競競地詢問：「要是我說我有辦法拿到腎臟，你願意支付多少謝禮？」

田所的計畫「只是個假設」，但那個男人聽完後沒有提出多餘的問題，直接透過醫療法人捐贈大筆金錢。這筆錢足夠讓田所翻新放置二十年以上的電梯，將手術室改裝成適用器官移植的環境，並在五樓設置祕密病房。

田所拉攏幾位有財務困擾的員工成為共犯。東野在多年前離了婚，需要籌措孩子的學費；佐佐木則是當了男友的連帶保證人，男友逃之夭夭後不得不背上龐大的債務。田所備妥所有條件後，從沉睡數年的住院病患身上摘取合適的腎臟，移植到那名男人身上。

移植出乎意料的成功。男人擺脫了艱辛的洗腎生活，開心不已地支付一大筆錢，還清田所所有的債務。

假如他在那個時候就洗手不幹的話……悔恨隱隱灼燒著內心。

如果田所在當時就洗心革面，現在就不用背上如此龐大的風險。但是這次成功的經驗讓他太過輕易獲得鉅款，令他欲罷不能。而第一個接受手術的男人在那之後，開始為田所介紹處境相同的病人們。

田所十分畏懼自己的犯行曝光，卻仍舊不斷進行「祕密手術」，一共長達四年。次數一多，習慣成自然，也逐漸淡化心中的罪惡感。這些病患幾乎不可能回歸社會，自己是在活用他們的器官。田所不斷用這句詭辯說服自己，卻不知不覺漸漸信以為真。

田所咬牙切齒。佐佐木下個月就要結婚並且辭職，所以這是最後一次「祕密手術」，這次之後就要收手了。沒想到卻在這種時候……

田所打開走廊上的其中一個紙箱，並將紙箱內擺放雜亂的點滴袋全翻了出來。

「院長……你在做什麼？」

東野站在一旁，憂心忡忡地問道。田所默不作聲，雙手仍不斷地將點滴袋丟出紙箱。

「那個、我們要趕快去後門拿食物……」

「吵死了！閉嘴！」

田所對東野怒吼，同時指尖觸碰到硬物。

有了！田所將雙手伸進點滴袋堆，取出埋在底下的東西。裡頭藏著一本A4大小的活頁夾。

就是這個，要趕快處理掉這個。田所抱起活頁夾。

他原本將這玩意藏在院長室的金庫裡，但當他看見有人翻找過院長室，心裡一驚。該不會是有人知道活頁夾就藏在院長室裡，才跑去院長室翻箱倒櫃？他一想到這裡，便將活頁夾藏進五樓的備品倉庫角落。不過在幾個小時前，東野見到佐佐木遭到殺害，一時陷入恐慌，嚷嚷著「要用手術室的電話報警」。田所為了以防萬一，跑去手術室剪斷電話的電線，並將活頁夾從備品倉庫帶到一樓，藏在這個紙箱裡。小丑總是在監視一樓，他認為這裡是盲點，不太可能讓他找到活頁夾。

「那是……什麼東西？」東野畏畏縮縮地問道。

「……這是移植病患的資料。」

田所看都不看東野一眼，開口回答。至今接受過「祕密手術」的所有病患，他們的資料都夾在這本活頁夾裡。

「居然有這種東西……」

東野一時語塞。田所側眼看一看東野，快步走回走廊上。他沒有讓任何人得知這本活頁夾的存在，就連身為「共犯」的東野與佐佐木也不清楚。

至今接受「祕密手術」的病患們全都是有頭有臉的大人物或大家族，若非如此，他們不可能有辦法支付那般龐大的金額。他們當然害怕自己接受違法手術的事實曝光。因此田所總是心驚膽顫，成天害怕有哪個病患會來殺人滅口。事實上，確實曾有病患威脅田所，假如祕密曝光他就小命不保。

這本活頁夾是田所的保命符。一旦自己死於非命，這份活頁夾的內容就會公諸於世。田所刻意讓恐嚇自己的對象察覺這一點，使他們無法輕易對自己動手。

不過這本活頁夾同時也是雙刃劍。假如這東西被公諸於世，自己的下場恐怕會比接受手術的患者更悽慘。從昏迷不醒、身分不明的病患體內摘除器官，移植給有錢的病患。這件事一旦曝光，自己不知道會受到多麼嚴重的懲罰，他光是想像就渾身發抖。

因此田所打算萬分謹慎地處置這本活頁夾，不過他的謹慎卻為他帶來麻煩。他應該更早處理掉這東西。

假如警察衝進醫院，發現這本活頁夾……自從小丑躲進醫院之後，田所時時刻刻都在擔心這件事。只是搜到五樓的病房，他還有辦法開脫，但是這本活頁夾要是落入警方手中，他就完蛋了。自己不光是會被逮捕，最慘可能會遭人滅口，所以他無論如何都想避免警方介入。他這幾個小時四處行動，全是為了防止有人報警，結果……

是誰？到底是誰通知警察？

田所思考到一半，回過神似地用力甩一甩頭。

現在沒空思考這些事。警察早就團團包圍這座醫院，他要盡快處理掉這本活頁夾。

田所來一樓之前，速水刻意對他使了使眼神。那個男人一定察覺到活頁夾的存在，還特意為他爭取時間，以便處理掉這些資料。

「東野，外來病患等待室裡有碎紙機。要在警察找到這東西之前處理掉它！」

田所急促地說著，同時回到走廊上。

「呃、是！」

東野似乎終於察覺事態嚴重，搖晃著肥滿的軀體跑起來。

這樣一來就得救了。田所安心地踏出鐵門，下一秒，活頁夾從他的懷中滑落在地板上。

「呦，院長大人，飯拿來了嗎？」

小丑正坐在數公尺前方的沙發上，槍口瞄準田所，愉快地說道。

「為、為什麼……」

田所震驚地張口結舌。小丑緩緩站起身，以拇指指一指自己的身後。秀悟與愛美就站在那裡。

「多虧那位年輕醫生啊。」

「速水……醫師？他到底……？」

田所半開著嘴，口中喃喃碎念著。

「好了，總之你先把那本活頁夾撿起來吧。那玩意好像很重要，非常非常的重要，對吧？」

小丑發出低沉渾濁的笑聲。田所急忙跌坐在地，抱起掉在地上的活頁夾，怯懦地仰望著小丑。

「我們就回二樓好好聊聊吧。一直待在這裡，不知道警察何時會闖進來呢。更何況，要是警察現在就衝進來，你也會很困擾吧？」

小丑舉起手槍湊向田所與東野，將他們逼向樓梯。兩人表情凝重地靠近秀悟與愛美。

「速、速水醫師……這究竟是……」

田所呼吸急促地問道。秀悟沒有回答，他只是對愛美說一句「走吧」，邁步爬上樓梯。

四名人質抵達二樓，來到透析室的中央。小丑稍後才跟在四人身後抵達透析室。

「速水醫師，這是怎麼回事？為什麼那個男人會在一樓？」

田所壓低嗓子，再三質問，秀悟卻完全忽視田所。田所見狀，逐漸放大嗓門。

「你倒是回答我呀！為什麼、為什麼會變成這樣……」

「是你被騙了。」

小丑代替秀悟開口。

「被……騙了？」

田所彷彿是第一次聽見這個詞彙，斷斷續續地重複了一次。

「沒錯，你是被那位年輕醫生給騙了。」

「什、什麼意思……」

田所慌張地來回望著秀悟與小丑。秀悟帶著愛美稍微遠離田所後，開口說道：

「我一直搞不懂是誰報了警……」

「你在、你在說什麼……」

田所嘶啞地問著。秀悟忽略田所的疑問，緩緩解釋：

「院長想盡辦法阻擾我們報警，所以不可能是您；東野小姐沒有方法報警；我和愛美小姐的計畫則是都失敗了。最後只剩下一個人有可能報警。」

「一個人……？就是那傢伙找來警察嗎!?」

田所的聲音逐漸有力，語氣隱隱蘊藏激憤。就是那傢伙通報警察，害得自己陷入絕境。

「是啊，就是他。那傢伙利用電波干擾器使得手機無法撥通，接著剪斷電話線，讓所有人都無法報警。最後他在對自己最有利的時機關閉干擾器，用自己的手機叫來警察。」

「所以那傢伙究竟是誰？是誰幹的！」

「……您還不明白嗎？」

秀悟見田所不斷咆哮，於是當著他的面緩緩指向那名人物——小丑。他正嘲弄似的扭曲裸露在面具外的雙唇。

「就是他，是他報警找來警察。」

秀悟淡淡地說道。田所張大嘴，直盯著小丑。

「是、是那個男人……？為什麼？警察來了就會抓走那傢伙啊……而且他還說誰報警就要殺了誰……」

田所語氣生澀地嘀咕著。

「是啊，正是如此。不過這裡唯一能報警的人只有他，而且假如是他報的警，就能一口氣解開許多謎題。」

「謎題？」田所焦點渙散的雙眼望向秀悟。

「是啊，沒錯。那個男人的行動打從一開始就很奇怪。他搶劫超商之後，在逃脫途中特意綁走愛美小姐；他不直接監視我們，反而自己在醫院內到處遊蕩；他從院長手中拿到鉅款不只沒有一絲喜色，反而咆哮大怒。就如我剛才所說，那個男人的目標根本不是金錢。」

「既然他的目的不是錢，又何必跑去搶超商！」

田所上氣不接下氣地吐出一句句疑問。秀悟鄭重地頓一頓，直視田所的雙眼。

「一切都是為了揭穿這間醫院的『祕密』，讓全日本的人們都能得知真相。」

「全、全日本……」

田所的喉嚨發出陶笛般的空虛聲響。秀悟不以為意，繼續說道：

「沒錯，這個男人一開始就是為了揭露『醫院的祕密』，進而展開行動。所以他不直接監視我們，以便自己能自由搜索整間醫院。不只如此，他還在三樓剪開『新宿11』的手術傷口，並在他的病歷裡夾入所有遭摘除器官的病患清單，驅使我一起探索這間醫院的『祕密』。這方法的確高明。闖進醫院藏身的罪犯直接說明理由，恐怕無法取得我的信任，還不如用誘導的方式勾起我的興趣，讓我自己去調查。我也是被操縱的那一方呀。」

秀悟苦笑，聳聳肩。小丑揚起嘴角兩端。

「那、那我們……」

田所的聲音彷彿隨時會消失無蹤。

「沒錯，我們只是被那個男人玩弄於五指之間。那傢伙一方面自己搜索整間醫院，同時操縱我進行調查。另一方面放長線釣大魚，放您四處行動。他一個晚上都在尋找某樣東西，但是始終一無所獲。時間就這樣來到早上，他最後只能動用最終手段，就是報警讓警察包圍醫院。」

「為、為什麼報警會是最終手段？警察來了，反而會逮捕那傢伙吧。他怎麼會……」

田所露出輕蔑的笑容，指向小丑。

「他本來就不打算逃跑。他一開始就做好被逮捕的覺悟，才闖進醫院裡。」

田所與東野聽完秀悟的解釋，表情極度震驚而扭曲。愛美站在秀悟身旁，抹著眼影的細眼使勁瞪大。

「那個男人在超商裡開了槍。最近的便利超商考量到安全層面上，都會教導店員一碰上搶劫就乖乖將錢交給對方，但是他還是故意開了槍，您覺得是為什麼？」

「哪有為什麼……」田所含糊其辭。

「他這麼做是為了吸引大眾注目。他特意在逃脫途中挾持愛美小姐，一定也是為了這個目的。一旦發生搶劫犯開槍並挾持女子逃走的重大案件，全日本都會關注這件大新聞。他就是想塑造這種情境。而事實上，現在大多數的電視台都在轉播這間醫院的新聞。他大概想等新聞媒體聚集得差不多，接著就在大多數人起床看電視的時段向警方投降，公布所有真相。我是這麼推測的。」

秀悟望向小丑。小丑至今始終不發一語，愉悅地聆聽秀悟的解說。他有如演員一般，誇張地張開雙臂。

「年輕醫生，正確答案。我真是打從心底感謝你呀。託你的福，我才終於找到那東西。我為了找出那玩意，可是費了不少力氣。」

「找出那玩意……？」

田所嘟囔著，臉上的肌肉異常鬆弛，他彷彿在這幾分鐘內老了十歲以上。

「是啊，沒錯。就是你小心翼翼抱在懷裡的那玩意。」

小丑瞪向田所。

「我打從踏進這間醫院開始，就一直在找那份資料。這間醫院已經如此受到矚目，接著只要揭穿院內的惡行，就能徹底讓你們完蛋。不過光是毀了你們還不夠，我要讓接受手術的傢伙們也跟你們一起下地獄，這才公平，對吧？所以我至今一直在尋找病患清單，上頭一定紀錄著那些接受過手術的混蛋。」

小丑語氣激動地暢所欲言。只見田所的臉色逐漸慘白。

「我知道你一定有清單。你很謹慎，絕對會留下清單，免得自己遭人滅口。不過我怎麼找都找不到，就這樣天亮了。我無計可施之下才報了警，想說之後就只能交給警察。沒想到這個時候突然出現一個幫手，就是那位醫生。」

小丑朝著秀悟抬一抬下巴。

「速水醫師……？」

田所鬆垮垮的臉頰隱隱蠕動。秀悟注視著田所。

「我早就察覺到他好像在尋找某樣東西。而我也發現那樣東西與『祕密手術』有關，以及您異常畏懼他人找到那樣東西。這麼一來自然能推測，那樣東西應該就是與至今為止的手術有關的紀錄。」

秀悟以口水舔溼乾涸的口中，繼續說下去：

「我想您一定把這些紀錄鎖在院長室的金庫裡，但是您從金庫取錢的時候，我並沒有看見類似的東西。您如果要藏起這些紀錄，肯定只能藏在五樓或一樓的手術室附近。所以我就演一場戲與他談判。」

「談判!?你們什麼時候談妥的？我根本沒看見你和那個男人單獨談……」

「我們根本沒談什麼。」

小丑打斷田所的疑問。田所傻乎乎地發出「欸？」的聲音，望向小丑。

「我剛才逼近那傢伙的時候，他把這玩意推到我眼前。」

小丑從牛仔褲口袋取出預付卡手機，高舉到田所眼前。田所茫然地張大嘴。

〈我會給你你想找的東西，但你必須答應我，一切聽我的指示，不能傷害任何人〉

手機背後有一排用麥克筆寫下的文字，文字內容便是如此。

「順帶一提，我剛才並沒有和警察對話。我故意等到鈴聲停止，才假裝接起電話。」

「那、那就是說……」田所漸漸說不出話來。

「沒錯，你就這樣傻乎乎的，被我跟那位年輕醫生騙得團團轉。」

小丑說完，放聲大笑。田所空洞的雙眼直盯著秀悟。

「為什麼……為什麼這麼做……你不是說願意成為共犯嗎？只要有錢你就會保密……為什麼要做這種蠢事……」

秀悟冷冷地望著田所。

「蠢事？你們才是做了蠢事吧。從無家可歸的病患身上摘除器官，移植到有錢人身上。你們真的以為我會容許這種行為嗎？真的以為我會一起同流合汙嗎？」

「什、什麼……你剛才明明……」

「那是因為我認為這麼說比較安全。要是當時拒絕協助你們，你搞不好會直接攻擊我們滅口，所以我才假裝配合你們。」

「怎麼會……太狠了……太過分了……」

田所恨恨地低聲詛咒。秀悟聞言，惡狠狠地瞪向田所，他的魄力逼得田所不自覺退了退。

「狠？是誰比較狠！你可是從自己的病患體內摘走了器官啊！你從自己該保護的對象身上偷走了他們的器官！你不配當醫生，你只是個罪犯！」

秀悟的怒吼無情地落在田所身上。田所有如被打碎下巴的拳擊手，緩緩滑落，跌坐在地板上。

「好了，都解釋得夠清楚了吧。差不多該把那本活頁夾交給我了。」

小丑慢慢走向田所。

「……秀悟。」

愛美站在秀悟身邊，悄聲說道。秀悟面向愛美，展露笑容。

「嗯？」

「對不起，我還以為你真的要跟院長合作……」

愛美垂下眼。

「別太在意，我完全沒跟妳解釋，妳當然會誤會。」

「可是秀悟是考慮到我的安全……我卻對你那麼過分……」

愛美的聲音細若蚊鳴。秀悟輕輕撫摸愛美的頭，掌中傳來烏黑長髮的柔軟觸感。

愛美露出似笑似哭的神情望著秀悟，將自己的右手緩緩覆上頭頂的大手。

「……這樣、一切都結束了吧？我們已經安全了對不對？」

「嗯，是啊……」

秀悟看向小丑。

事件應該已經告一段落。接下來只要小丑得到那本活頁夾，帶著資料向警方與新聞媒體揭發一切，事情就能塵埃落定。沒錯，原本應該是如此……

但不知為何，擔憂仍緊緊占據著秀悟的心頭，越發膨脹。

田所跪倒在地，眼睜睜看著小丑一步步逼近。

「我、我們做個交易吧！」田所忽然高聲吶喊。

「交易？」小丑疑惑地瞇起雙眼。

「沒、沒錯。應該是有人委託你來搶這份資料吧？是我至今移植過的某個病患，花錢僱用你來消滅證據的，沒錯吧？那我就出兩倍……不、三倍的價錢，拜託你放過我吧！好嗎？這交易應該不壞吧？」

田所獻媚地仰望小丑。

住口啊！秀悟臉色一僵。假如這個男人的目的只有錢，他不可能採取這種捨身成仁的手段。他甚至一開始就不會想揭穿「祕密手術」的真相。

但小丑在秀悟插嘴之前便有了反應。他舉起至今垂在身旁的手槍，瞄準田所，指尖扣住扳機。

「錢？你以為我是為了錢才這麼幹嗎!?」

小丑的聲音低沉得有如地底來的魔鬼，憤怒令他雙眼充血，使勁扯起雙脣。田所與東野怕得五官扭曲。

「你覺得我是想要錢才做出這些事嗎？怎麼了！回答我啊！」

小丑激憤難耐，食指逐漸施力。愛美大喊一聲：「不要啊！」遮住了雙眼。

「復仇！」秀悟全力吶喊。

「……你說什麼？」

小丑放開扣緊扳機的手指，瞪向秀悟。

「復仇，你是為了復仇才如此費盡苦心。你珍愛的對象成了『祕密手術』的犧牲品，是吧？」

「……沒錯。」

小丑語氣陰沉地開始述說：

「這些傢伙把我最重要的人切得四分五裂。他們趁她意識不明的時候，擅自切開她的肚子，拿走內臟……我一開始還不敢置信，一直懷疑怎麼可能會發生這種事。但是當我開始調查，得知這些傢伙在醫院裡幹的好事……我絕對不會原諒他們。」

「那個人是你的家人？還是……」

「……是情人。」小丑勉強從喉頭擠出幾個字。

「你很珍惜她吧。」

小丑聞言，點點頭。

「我當然珍惜她，為了她，我甚至能拋棄這條性命。」

「那你就拿著那本活頁夾去自首，然後對警方、媒體宣傳這間醫院的祕密，讓這個消息傳遍整個日本。這才是你的目的啊。你要是現在殺了院長，你就只是個殺人犯。你最珍惜的那個人一定也不願意你落得那種下場。」

秀悟拚命吐出有如戲劇般的台詞。

就算這個男人是想讓大眾的目光聚焦在這間醫院，他還是做了不少過於衝動的舉止，例如對愛美開槍後綁架等等，他甚至在藏身過程中襲擊愛美，難以控制自己。秀悟實在無法預測小丑還會做出什麼驚人行動。

小丑握著手槍的手臂隱隱顫抖著。在場所有人沉默不語，時間一點一滴地流逝。

「拜託你……快住手吧。」

愛美的喃喃自語緩緩撥動房內的空氣。下一秒，小丑放下握著手槍的手臂。

「……把那本活頁夾給我。」

小丑俯視著田所，靜靜地說道。秀悟仰天閉上雙眼。

結束了。這如同惡夢般的夜晚總算要結束了。

前所未有的成就感與解脫漸漸填滿心頭。秀悟睜開眼，對身旁的愛美淡淡一笑。

愛美眼眶溼潤，對秀悟回以笑顏。

「快一點，趕快給我。」

田所彷彿斷線的人偶，傻傻地坐在原地。小丑的手伸向田所。此時田所猛地抬起頭，下一秒，秀悟渾身掀起雞皮疙瘩。

田所仰望著小丑。秀悟遠遠望去，田所的雙眼彷彿失去所有的情緒，徒留兩顆玻璃珠鑲在眼窩裡。

田所的手伸進白衣口袋內取出一樣物品，接著極其自然地刺進小丑的右手。

「……咦？」

小丑嘴唇微開，發出愣愣的一聲，接著望向自己的右手。手術刀深深刺進他的右手臂……

田所一把抓住手術刀柄，隨手拔起，接著毫不猶豫再次刺進小丑的右手，並且奮力向下施壓。手術刀的刀刃極度銳利，輕易地切開小丑手臂的皮膚、肌肉、血管，以及神經。

「嗚啊啊啊啊——！」

小丑的慘叫撼動房間的牆壁，手槍從手中滑落。

小丑痛苦地呻吟著，當場跪倒在地。手指按壓著傷口，指縫中汩汩溢出深紅的鮮血。田所彷彿與小丑交換角色，他緩緩站起身，不屑地睨視小丑。他的手中握著小丑落下的手槍。

「……別開玩笑了。」

田所的臉上彷彿掛著一張能面具，喪失所有的情感。

「別開玩笑了。我花了二十年的心力，拚死守護這間醫院直到今天。我盡力保護院內員工的生活，不斷治療病患，為這間醫院鞠躬盡瘁。你們能明白我有多辛苦嗎？」

田所的語氣沒有抑揚頓挫，如同電子合成人聲。秀悟看著田所，渾身冷汗直流。

小丑激動揮舞手槍的時候根本遠不如現在恐怖。

小丑抱著手臂不停哀號。田所隨手將槍口壓在小丑的髮旋處，手指搭上扳機。

「院長，請冷靜點！您這麼做也無濟於事啊！」

秀悟急忙大喊。田所的舉動不是純粹的脅迫，他是真的打算殺死小丑。心中的肯定令秀悟語帶顫抖。

「為什麼？」

田所並未放下手槍，似乎打從心底覺得疑惑。冰冷的眼神直盯秀悟，感覺像是有一隻巨大的爬蟲類瞪視著自己。

「哪有為什麼，這裡所有人都知道您犯下的罪行！您就算殺了他，事情還是會曝光的。」

「那殺掉在場的所有人不就行了？」

田所的語氣沒有一絲內疚。

「所有人……？」

秀悟不禁懷疑自己的耳朵，瞠目結舌。

「是呀。等我殺了這個男人之後，就殺死速水醫師和那位小姐，還有東野。反正佐佐木也死了，這麼一來就再也沒人知道『祕密』了。」

「為、為什麼連我也要殺!?」

東野原本僵在一旁，宛如一座雕像，此時也不由得大喊。

「東野，妳說不定也會背叛我呀。還是小心為上比較好呢。」

田所對東野露出笑容，一張空虛至極的笑容。

東野發出「咿」的一聲慘叫，直接轉過身想逃。但是超過負荷的恐懼令她腳下一軟，囤積大量脂肪的軀體頓時向前倒去。房內響起笨重的撞擊聲。

「東野，不行呀。妳怎麼可以逃跑呢？我下意識就要開槍了呢。」

田所俯視著東野。東野癱倒在地上，全身顫抖不止。

「秀悟……」

愛美臉色發青，不自覺地抓緊秀悟的白袍袖口。秀悟正想開口安慰：「沒問題的。」，但是話在出口之前就消散在喉嚨深處。

田所已經徹底瘋了。再不阻止他，他真的會開槍射殺在場所有人。

「您要是開槍，警察會衝進來的！」

秀悟語氣顫抖，拚命大喊。田所的表情隱隱透露著不快。

「警察？」

「沒錯，警察進行談判的時候，肯定同時準備讓特種部隊破門而入。您一開槍，警察馬上就會闖進來！」

「那我就在警察闖進來之前開槍殺死所有人，這不就成了？」

田所一派輕鬆地說道。秀悟聞言，不禁臉頰抽搐。

「您手上握著手槍，而其他人都被槍殺，顯然就在告訴別人您是殺人犯啊。」

「啊，沒關係。我只要堅持是小丑槍殺了你們，我是在那之後冒死搶走手槍，無意之間射殺小丑。警方一定會判定我是正當防衛，我不會被問罪的。」

「……您真的以為會那麼順利嗎？」

秀悟咬緊牙關。

「不論順不順利，我只剩下這個方法了。那就值得嘗試看看呀？」

田所的語氣非常隨興，微微聳肩。秀悟見狀，內心放棄說服對方。他已經對別人的話充耳不聞了。

怎麼辦？該怎麼做？秀悟專注地運轉腦袋。

要在對方開槍之前趁機撲過去，奪走手槍？但是自己距離田所至少有數公尺遠，田所很有可能在他撲過去之前就察覺他的行動，進而開槍。

還有沒有別的辦法？什麼都好啊！秀悟低頭苦思，此時一項物品跳進秀悟的視野餘光。秀悟瞪大眼直盯那東西，接著視線移向天花板。腦中突然浮現田所數小時前說出的台詞。

這個可能派得上用場。不過要是失敗了……

心中的徬徨不斷壓迫秀悟。此時，秀悟望向身旁的愛美，兩人對視著彼此。

愛美仍然露出泫然欲泣的表情，凝視著秀悟。

是啊，沒錯。胸口的決心逐漸堅定。他根本不需要在意自己會不會中彈，只要執行這個計策，愛美得救的機率就會直線上升。

秀悟再次咀嚼這一晚的記憶。他自始至終都想保護這名女子，但某種意義上，自己反而是被保護的那一方。

要是愛美不在自己身邊，他絕對無法揭穿醫院的「祕密」，也不會得知小丑真正的企圖。他甚至根本無法在這種絕境中維持正常的心智。多虧愛美，他才能在這數小時之中保有自我。

這名女子是不幸捲入這場紛爭當中，他無論如何都要守護她。

「……聽好了。」

秀悟壓低嗓音，小心不讓田所聽見。愛美細長的雙眼望向秀悟。

「記好樓梯的位置。等我打信號，妳就全力衝到樓梯那裡。」

「咦？什麼意思？」愛美壓低聲音問道。

「妳別管，乖乖按照我的話去做。妳不要回頭，直接下樓去請求警方協助。」

「……秀悟呢？」愛美的語氣一陣顫抖。

「我沒問題的，別擔心。妳什麼都別想，直接逃出去。那樣一來……大家一定能得救。」

「真的？」

愛美看向秀悟，眼神滿是擔憂。秀悟堅決地點頭，不讓她察覺內心的不安。

「真的。」

「……我們馬上就會見面吧？」

「是啊。」

秀悟點頭回應。愛美強忍泣音，緊咬著粉色雙唇點點頭。

秀悟淡淡一笑，接著注意力轉回田所身上。他已經說服愛美，接下來只剩執行他的計畫。秀悟不讓田所察覺，小心翼翼地將手伸進白袍口袋。

田所彷彿在戲弄小丑，拿起手槍的前端戳一戳他裹在面具裡的頭部。

「首先你先摘掉那張蠢面具吧。我想看看幹出這種蠢事的男人長得什麼模樣。」

小丑按著不斷冒血的手臂，抬起頭。

「快點，還是說你想戴著那張面具送死？」

田所的語氣仍然沒有絲毫起伏。小丑的身體隱隱顫抖著。

「你不摘掉面具，我就馬上開槍。」

田所沒有怒罵，只是靜靜地催促小丑。小丑的左手略帶遲疑地揪住面具的頸部，緩緩脫掉罩住整個頭部的橡膠面具。

小丑露出一頭簡潔整齊的短髮。秀悟站在小丑背後，看不見他的真面目。

「什!?……你、你是!?」

田所震驚地瞪大雙眼。癱軟在地的東野一起張大嘴，凝視著男人的面孔。

就是現在！秀悟立刻踢倒一旁的煤油暖爐。暖爐重重倒在地板上，發出巨響，暖爐內的煤油灑了一地。田所彈起似地抬起頭，望向秀悟。

「你在做什麼!?」

田所的怒吼響徹房內。秀悟從口袋取出 Zippo 打火機，打開蓋子點著火焰。田所瞪大雙眼。

「快退開！」

愛美茫然地站在秀悟身旁。秀悟推開愛美的肩膀，將打火機拋向煤油。

愛美一個不穩，向後退了兩、三步。同一時間，秀悟眼前升起一道火柱，灼熱的熱氣迎面而來。

「你在打什麼主意！別胡鬧了！」

田所大喊，槍口瞄準秀悟。

快點！快點啊！秀悟望著天花板，內心不斷重複同一句話。直衝天際的火柱眼看即將觸碰天花板——以及裝在天花板上的火災警報器。

田所扣緊扳機，同一時間，急促的警報聲震盪房內的空氣。

「來了！」

秀悟大聲歡呼，同時天花板噴灑大量的白粉。這是田所說過的粉末滅火裝置。

粉塵化為濃霧遮蔽視野，眼前幾乎看不清任何東西。熊熊燃起的火柱頓時轉小、熄滅。

「愛美！快跑！」

秀悟朝著愛美嘶聲力竭地大喊，自己也同時邁步奔跑。他瞇起眼，在這片迷濛的白濁世界之中，全力跑向田所的位置。

他隱約能看見田所的輪廓。大量的粉末開始落在地板上，粉塵漸漸變得稀薄。秀悟沒有減低速度，直接以肩膀使勁撞向田所。

秀悟的肩膀撞進田所的腹部。田所的腳上有傷，無法穩住身軀，秀悟輕易地將田所撞飛出去，兩人一起栽個跟斗趴倒在地板上。田所手上的手槍脫了手，滑落在覆滿粉塵的地板上。

秀悟死命爬向手槍的位置。只要他把手槍搶到手，所有事情都會迎刃而解。不會再死任何人，整個事件能夠告一段落。

下一秒，秀悟全身突然激烈痙攣。

秀悟不清楚發生了什麼事。他只感覺眼前閃過一陣火花，全身劇烈顫抖之後動彈不得。身體彷彿脫離自己的掌握，一根手指都動不了。秀悟臉頰朝向地板倒下去，倒下的衝擊猛地吹飛了粉末。

秀悟的臉頰感受到地板冰冷僵硬的觸感，腦中一片混亂。

到底怎麼……

猛烈的爆炸聲敲響耳膜。那聲音聽起來如同汽車引擎逆火的聲響，秀悟立刻察覺是什麼聲音。

有人開槍。有人撿起手槍，並且開槍了。

是誰對誰開槍？秀悟拚命想面向爆炸聲響傳來的方向，但身體依舊拒絕聽從秀悟的命令。

某處傳來淒厲的尖叫，以及第二次的槍響。

愛美！愛美順利逃走了嗎？秀悟只想知道這件事。只要愛美能得救，就算我成為下一個槍響的受害者也無所謂。

秀悟暗自祈禱，同時第三次的槍響震動空氣。

最後，四周陷入一片寂靜。

結束……了嗎？開槍的人不殺我嗎？

秀悟專心聆聽四周，等待接下來發生的狀況。

某處突然傳來玻璃碎裂的聲響。一個拳頭大的黑色柱狀金屬物滾過來，停在距離秀悟一公尺遠的距離。

下一秒，秀悟的視野與意識抹上一片雪白。

「……到嗎？」

遠處傳來了聲音，感覺非常遙遠。

秀悟微微抬起眼瞼。強光照射在視網膜上，激烈的疼痛襲上頭部。秀悟按住頭部，低聲呻吟。

「聽得到嗎？」

聲音彷彿直接在腦中響起，使得頭痛更加惡化。秀悟皺起臉，微微收起下巴，勉強睜著眼看向周遭。

兩個男人俯視著自己。他們身上穿著秀悟平時看慣的制服，那是急救人員的制服。

這裡是哪裡？

秀悟極力想弄清現狀。

我當時正要抓住滑落在地板上的手槍……

腦中浮現昏迷前發生的種種。不斷響起的槍聲。

秀悟猛地撐起上半身。他的腦袋仍舊頭痛欲裂，但是他毫不在意。

「啊啊、不可以，你要好好躺著啊。」

其中一名急救人員說道。他的聲音聽起來仍然像是迴盪在頭蓋骨內。

「發生、發生什麼事了？」

秀悟艱難地驅動不靈活的舌頭，艱難地開口詢問。雙眼似乎習慣了光亮，開始能看清周遭的狀況。他現在似乎在救護車裡，右手臂綁著血壓計與血氧濃度計。

「外頭聽見醫院傳出槍響，因此特種部隊破門而入了。當時特種部隊使用的音爆閃光彈似乎剛好在你身旁爆炸。」

秀悟回想起失去意識的前一刻，有一個金屬圓柱物體滾進視野之中。是那個柱狀物爆炸才讓我失去意識嗎？

「音爆閃光彈本身沒有殺傷力，所以你身上沒有明顯的外傷，但是鼓膜可能破損了。我們現在要將你送到醫院去。」

「請等一等，愛美、她沒事吧!?」

秀悟在救護車內部四處張望，並且大聲呼喊。車內不見秀悟以外的患者。他們是讓愛美搭上其他救護車了嗎？

「愛美？那是誰呀？」

「是一名女子，其中一名人質，當時她跟我一起待在醫院二樓。她應該在警察破門前一刻逃出醫院了才對！」

兩名急救人員一瞬間面面相覷，接著遲疑地開口說道：

「不，警察破門之前，沒有任何一名人質逃出醫院。」

「怎麼會？那、那應該是在二樓。醫院二樓獲救的人質除了我以外，都在哪裡？已經送到醫院了嗎？」

秀悟求助似地朝著急救人員伸出手，大聲喊叫。急救人員露骨地轉開視線，露出陰沉的神情。

「……很遺憾，只有你獲救而已。二樓除了你以外……所有人都已經死亡了。」

3

「……以上就是我當晚的經歷。」

秀悟這麼說完，大嘆一口氣。他長時間描述整件事件，舌頭早已感到疲累。更何況，他光是回想起那一晚的遭遇，就會給精神帶來龐大的負擔。

兩天前，秀悟在二樓透析室獲救後，隔天就馬上出院了。他不但右耳鼓膜破裂，還被小丑打傷頭部，音爆閃光彈更造成輕微燒傷，不過這些外傷沒有嚴重到需要長期住院。

他原本以為媒體記者可能會擠滿自家門前，已經做好心理準備，但卻沒有發生這種狀況。警方似乎現階段尚未公開秀悟的身家等資料。

秀悟在家中休息一晚，隔天便主動前往該案件的搜查本部設置地——調布警察署接受偵訊。刑警曾在他住院時前來問訊，但他當時必須連續接受多項檢查，沒辦法空出太多時間，今天才正式接受偵訊。偵訊過程從上午開始斷斷續續進行，現在時間早已來到黃昏時刻。

「原來如此，我明白了。非常感謝您。」

名為金本的中年刑警坐在秀悟對面的座位上，沉重地點點頭。在秀悟描述的過程中，金本始終不發一語，專注地聆聽。

「速水醫生方才述說的內容，與現場的狀況幾乎一致。看來醫生您描述的狀況大部分確實發生過。」

「『大部分』……是嗎？」

金本的語氣聽起來若有深意，秀悟不禁嘲諷似地勾起一邊嘴角。

只有一處。秀悟的記憶與現場的狀況只有一處不相符，而且這處差異非常之大。秀悟自從前天聽見這件事之後，腦中始終混亂不已。

「重要的是那個『不一致』的部分吧？」

「唉，您說得沒錯。」

秀悟苦澀地說道。金本見狀，則是露出苦笑。

「警方肯定認為我記錯了吧。因為那個小丑打了我的頭部，我又因為警方攻堅部隊扔進去的音爆閃光彈爆炸而昏迷，你們認為我記憶錯亂，是不是！」

秀悟雙手往桌面一撐，身體向前湊上去。

「速水醫生，請您別激動，會動到傷口的。」

秀悟見金本仍擺出四兩撥千斤的態度，口中小聲咂舌。

「不過老實說，上層的確不太重視速水醫生的證言與現場的矛盾之處。您經歷了如此難熬的遭遇，腦中的記憶很有可能會出錯。但除此之外更重要的是，現場的狀況直接就能看出案發當時發生了什麼事，非常顯而易見。」

「那就麻煩你一五一十地告訴我，我無法動彈之後究竟發生了什麼事？之前警方也只是問我話，什麼細節都不肯告訴我。我是案件的當事人，而且已經盡可能配合警方的調查，我應該有權利知道當下的狀況。」

秀悟仍然探出身體如此說道。金本掛著微笑望向秀悟，輕輕聳聳肩，悄聲說道：

「我明白了。」

「順帶一提，速水醫生，事前其他人員是如何跟您解釋的？」

「我當時聽說……透析室發現屍體，而除了我以外……沒有其他人質存活。」

秀悟咬緊下脣。

「不，這說法並不正確。住在三樓、四樓以及五樓特別病房內的病患們，所有人都平安無事。」

「我知道，我指的是……」

「是，我明白。不好意思打斷您了。」

金本微微低頭，接著目光朝上看向秀悟。

「您是想知道您撞開田所，彈飛手槍之後，透析室裡發生了什麼事，是嗎？」

「……是，沒錯。那時我正要撿起手槍，當下突然感受到某種衝擊，接著身體就突然動彈不得。」

秀悟生硬地說道。他很害怕從金本口中得知真相，但他若是不問，心中難以釋懷。秀悟看著金本搔抓頭髮稀少的頭頂，吞一口唾沫。

「算了，反正再過不久警方就會召開記者會發表偵查結果，先告訴速水醫生應該也沒關係。關於您當時突然動彈不得的原因，警方認為是有人使用電擊棒攻擊您。」

「電擊棒!?」

秀悟聽見意料之外的詞彙，不由得皺緊眉頭。

「是的，就是電擊棒。特種部隊破門而入的時候，您倒在地上，一旁掉著一把護身用的小型電擊棒。對方恐怕是使用電擊棒制伏了您。」

「居然會有電擊棒，到底是誰……」

「當然是那名小丑男，是他帶進醫院的。」

「小丑？為什麼能肯定是他？」

「這一點我稍後會為您解釋。總之我們警方完成現場蒐證之後，得出以下的結論：小丑男見到速水醫生撞飛田所手上的手槍，便使用事先藏好的電擊棒制伏速水醫生，撿起手槍。當時田所被撞倒在地，東野小姐則是腳軟癱坐在一旁。小丑先後連續射殺了兩人。」

秀悟聽見金本口中吐出「射殺」這兩個字的瞬間，他全身微微一震。

「男人順利殺害兩人，達成目的之後，便為整件案件畫下終止符……他對自己的腦門開了一槍。」

金本用食指指尖按住自己的太陽穴，半開玩笑地說了一聲：「砰！」

秀悟瞪大雙眼。那名小丑射殺兩人之後，自殺了？

「你確定沒有搞錯嗎？」

「是，這結果應該沒有錯。院長與東野小姐兩人是被人從後腦勺開了一槍，也就是所謂的行刑式槍決。小丑男則是右邊的太陽穴一槍，而且從槍傷周遭出現燒傷，可以判斷當時槍口應該是緊貼著皮膚，最後手槍是落在小丑男的屍體旁。所有證據都顯示出，小丑是射殺兩人之後再對自己開槍。」

金本語氣沉穩，滔滔不絕地解釋下去。

「啊，另外這是題外話，我們一開始假設過速水醫生是否有可能槍殺三人。當時是認為您或許是對三人開槍之後，再用電擊棒電傷自己。不過您的手臂沒有檢測出硝煙反應，疑似電擊棒造成的燙傷又位於背後正中央，一般來說自己很難手持電擊棒電傷這種位置。由於以上種種證據，我們已經排除您的嫌疑了，請您放心。」

秀悟聽完金本的說明，一時語塞。他沒想到自己也被當作嫌疑犯。這麼說來，醫院曾經將自己的衣物提供給類似鑑識人員的人物，又詳細檢查過自己的身體。

秀悟花了兩、三分鐘消化新獲得的資訊。他還沒完全接受這個結果，只是想問的問題太多，不知從何問起。

「……我觸發滅火裝置的前一刻，田所曾經掀開那個男人的面具。田所和東野小姐看到對方的真面目，都顯得相當吃驚。金本先生，那個男人究竟是誰？」

秀悟直視著金本的雙眼。金本摸了摸長滿鬍碴的下巴。

「宮田勝仁。」

「咦？」秀悟聽對方突然拋出一個名字，不禁困惑。

「宮田勝仁，這就是小丑男的姓名。東京都練馬區出身，三十三歲，單身。我們已經確認過他的身分，準備在記者會上發表。」

「你直接告訴我名字，我也……那傢伙究竟是什麼人啊？」

「哎呀？您不認識他嗎？」

金本刻意歪了歪頭。

「不，我對這個名字沒印象……你為什麼認為我認識他？」

「那麼，您看看這個。」

金本喃喃低語，從掛在椅背上的西裝口袋取出一張相片，放在桌面上。照片中映著一名身穿T恤的年輕男人。

秀悟仔細觀察照片。他好像在哪裡見過這個男人。

「啊！」

秀悟的頭腦原本像是漏了一塊記憶，此時腦中忽然閃過案發當晚的畫面。

當天晚上，秀悟正要從後門進入田所醫院時，他跟一個男人擦身而過，並且簡單聊了幾句。照片裡的人物正是那個男人！

「您想起來了嗎？」

「我記得這傢伙是田所醫院的員工，當天晚上我要從後門進到醫院的時候，正好和他擦身而過。」

秀悟激動地說完。金本聞言，滿意地點點頭。

「是的，正如您所說。宮田勝仁是一名物理治療師，大約從一年半前開始在田所醫院工作。挾持事件當天，他還值班到傍晚。他似乎是下班之後才回家準備犯案。」

「那個……這個名為宮田的男人真的是小丑？沒弄錯嗎？」

「這是什麼意思？」

秀悟遲疑不決地問道。金本一聽，單邊眉毛微微跳了跳。

「呃，這只是一個小疑問。因為那個男人始終戴著小丑面具，嗯呃……有沒有可能途中跟人交換身分？例如還有另一個小丑存在……」

秀悟腦中思緒凌亂，有些語無倫次。金本見狀，則是緩緩搖搖頭。

「速水醫生，根本不可能存在另一名小丑。警察完全包圍住那間醫院。而警方在破門之後，也曾經大規模搜索整間醫院。我們當然有考慮到犯人會變裝成警察逃走，因此下令嚴格監控整棟建築物的出入口。但我們完全沒發現任何可疑人士。」

「那醫院裡或許還有隱藏通道之類的……」

秀悟知道自己的疑問相當老套，但他還是非問不可。這間醫院內藏有祕密電梯，當然也可能存在通往外頭的隱藏通道。

如果這個假設成真，應該就能解開整個案件裡最大的謎題。不過秀悟的期待落空了，金本面露苦笑：

「我們聽完速水醫生的證詞之後，也曾經預想過院內存在隱藏通道，徹底調查過整間醫院。我們拿到醫院的設計圖，也見過以前的地主，但還是沒有找到可疑的出入口。院內的人若想離開醫院，只能使用正門或後門。這點是無庸置疑的。」

「是……這樣啊。」

秀悟還沒完全接受現實，但還是點點頭。

「不過呢……」金木壓低嗓音：「宮田可能還有同夥。我們沒辦法完全排除這個可能性。」

「嗄？這是什麼意思？」

「……這件事還請您保密。面具內側的耳朵位置裝著一個小型的喇叭與收訊器。宮田有可能是受到某人指使才犯下犯行。」

「某人……會是誰？」秀悟有點激動地問道。

「我就是不知道答案，才會將這件事透露給您。請問小丑是否曾經聯繫過他人？」

「聯繫……」

秀悟皺緊眉頭，拚命搜尋著記憶。

「不……就我所知，他並沒有試圖聯絡別人。而且我和小丑共處一室的時間相對較短，他或許是在我們看不見的地方聯絡也說不定。」

「是嗎？我明白了。我們會再調查一下那枚裝置，或許還會再挖出點什麼。」

金本在胸前雙手合掌，似乎在暗示：「偵訊到此結束」。

「請、請等一等！既然面具裡裝著那種裝置，還是很有可能存在共犯呀。更何況，那名叫做宮田的男人真的是小丑嗎？舉例來說，小丑男或許在警察趕到之前就想辦法叫出宮田，殺了他，再將面具放在宮田的附近，讓他代替自己……」

秀悟幾乎是想到什麼就一股腦說出口。

「假設真是如此，警察破門而入的時候就會抓到他。」

「不，所以果然還是有其他祕密通道、藏身處之類的……」

眼見秀悟的發言越來越莫名其妙，金本擺出不出所料的態度，嘆了口氣。

「醫生，醫院裡面沒有任何祕密通道或是藏身處，只有那座祕密電梯和病房而已。這是千真萬確的。」

「你怎麼能肯定……」

秀悟緊咬這點不放。若非如此，一切會很奇怪，太奇怪了。

「醫生，我們確實無法否認宮田在醫院外可能還有同夥。但是宮田的確就是主犯，這點不會錯。」

金本彷彿在勸說耍賴的孩子。他的口氣令秀悟非常不滿。

「為什麼你能這麼肯定？」

「因為我們搜索過宮田的住家，並在他的房間裡搜出大量的證據。」

「咦？」秀悟頓時語塞。

「首先我們在住家電腦的紀錄發現，宮田是透過網路購買犯案計畫需要的物品，例如面具、電擊棒、手槍等等。」

「網路？網路上買得到手槍？」

秀悟一時之間啞口無言。

「很遺憾，確實買得到。某些地下網站會違法販賣藥物、槍砲等物品。我們警方當然會進行取締，但現階段無法完全舉發這些網站。」

金本無力地搖搖頭。

「也就是說，宮田是在網路上買好武器，闖入自己工作的醫院嗎？」

「就是這麼回事。宮田房裡還發現了小丑模樣以外的各式面具、小刀、手銬，以及一些化妝品。他應該是買了各式各樣的東西，並且測試哪些物品比較容易使用。」

「化妝品？」

「他可能一開始不打算戴面具，而是利用化妝隱藏自己的真面目。根據調查結果，宮田在決定成為物理治療師之前，曾經是某間小劇團的演員，他在劇團工作數年，但似乎始終沒沒無聞。他或許是活用當時的經驗，才想到要變裝。」

金本聳聳肩。秀悟望著金本，不斷運轉腦袋。那名叫做宮田的物理治療師果真是小丑嗎？那麼……

「那宮田又是為什麼闖進自己工作的醫院，還殺了院長等人？」
「您在說什麼？是速水醫生告訴我們他的犯案動機呀。那個男人不是親口說他是『為情人報仇』嗎？」
「他的確是這麼說，但真的有這麼巧嗎？情人偶然間住進自己工作的醫院，還被人偷走了器官。」
「不，我們認為事情正好相反。宮田的情人並不是正好住進他工作的醫院，而是宮田為了報復，刻意轉到情人住院的醫院工作。」
金本沉聲說道。
「……關於宮田愛慕的那名女子，你們有頭緒了吧？」
秀悟一問，金本便露出輕佻的笑容，點點頭。
「這都要多虧速水醫生的證詞，還有那本掉在透析室的活頁夾。那本資料裡記載著田所醫院至今所有的違法器官移植手術。唉，不過其中有一小部分資料破損，看不清是誰接受過手術，除此之外我們可以起訴大多數接受過移植的對象。其中有大公司的幹部、前運動明星、政治家，來頭都不小啊。警方現在正與檢察機關合力準備逮捕這些人士。這件事一旦公諸於世，全日本都會掀起一陣大風暴啊。」
金本的語氣漸漸混雜著興奮。
「比起這個，可否先說明一下有關宮田情人的事？」

「啊、真是不好意思。」

金本清一清喉嚨，重新拉回正題。

「佐倉江美子，我們認為她就是宮田的情人。」

「她是誰啊？」

「速水醫生應該早就猜到了。這名女子接受過田所醫院的『祕密手術』，被偷走器官。活頁夾裡也有紀錄。」

「……請詳細告訴我那名女子的背景。」秀悟低聲說道。

金本回答：「當然沒問題。」接著他從椅背上的西裝內袋取出記事本，開始翻找。

「佐倉江美子大約是三年前住進田所醫院。入院時為二十一歲，女子大學學生。家庭組成為雙親以及一位就讀高中的弟弟，當年全家四人一起出遊時，突然有一輛卡車闖紅燈衝進交叉路口，雙方對撞，江美子以外的三人當場死亡，江美子則是頭部受到強烈撞擊，昏迷不醒。」

這場車禍太過淒慘，秀悟不由得抿緊雙唇。

「車禍後三個月，江美子轉院至田所醫院。由於江美子的家人全都喪生於車禍，田所醫院便收留了無依無靠的江美子。而根據活頁夾的紀錄，江美子在入院四個月後，由田所摘除腎臟，並將腎臟移植給某間公司總經理的妻子。更不幸的是，江美子接受移植手術後五天便喪命了。速水醫生應該比我們更清楚，這狀況代表什麼意思。」

「……應該是術後的併發症，縫合不全導致出血或感染。」

「是，搜查本部也是這麼認為，但病歷上的死因是『吸入性肺炎』。無論如何，佐倉江美子很可能是因為被摘除腎臟才喪命。」

金本說到一半停頓了片刻，諷刺般地揚起脣角。

「我們是這樣推測：宮田勝仁就是佐倉江美子的男友。三年前，宮田做為物理治療師，擁有一定程度的醫學知識，所以對情人的死因起了疑心，於是他在一年半前進入田所醫院工作，並尋找情人死亡的真相。宮田發現正是田所的手術害得情人喪命，因此決心報復每個與手術有關的關係人……之後的事，醫生應該很清楚了。」

「但是有確切的證據證明那位名叫佐倉江美子的女子，就是宮田的情人嗎？」

秀悟在腦袋中咀嚼金本的描述，開口問道。

「不，我們還找不到實質上的證據。我們詢問過宮田身邊的熟人，他似乎不太受女性歡迎。事實上，宮田這個人的風評並不好。他非常容易鑽牛角尖，一點小事就能讓他驚慌失措或是抓狂。由於他行事作風不夠穩重，周遭的人對他印象不太好，因此幾乎沒聽說他和女性有深入交往。但或許正是他的性格讓他想不開，最後才弄出這麼誇張的案子來。」

秀悟聽著金本的解釋，回想小丑的舉止。金本口中的宮田確實相當符合小丑的行為舉止，但如此急躁的男人，真的能想出如此大膽又複雜的計畫嗎？秀悟輕輕甩一甩混亂的腦袋，望向金本。

「那你們是依據什麼來判斷，佐倉江美子就是宮田的情人？」

「因為除了她以外，沒有人符合這些條件。」

金本搖搖頭。

「根據那本活頁夾的記載，手術總共進行過十二次，其中只有四個案例是女性。女性案例之中有兩名是五十歲左右的婦女，只有佐倉江美子是在術後死亡。」

「他不一定是因為情人去世才想復仇呀？他人隨意偷走情人的器官，已經足夠成為復仇的動機了。還有另外一名年輕的女性被害者吧？」

「是啊，還有一位。這名女病患是在半年前被摘除器官，外貌看起來大約二十歲左右。」

「大約？」秀悟聽見這模糊的解釋，不禁疑惑。

「因為院方不清楚這名女子的實際年齡。她遭遇交通意外陷入昏迷，因此院方在住院當時並不清楚她的身分。假設這名女病患就是宮田的情人，院方應該會知道她的身分才對。」

這麼說也是。秀悟一邊點頭一邊思考。所以總結來說，這名叫做宮田的男人真的是為了幫佐倉江美子報仇，才引發這一連串的事件？但是秀悟的心中依舊殘留無法釋懷的部分。

「……有遺書嗎？」

秀悟雙手抱著胸口，開口問道。金本則是狐疑地挑起眉頭。

「遺書？您是指什麼？」

「我是指宮田的遺書。他引發了如此駭人的事件，最後還開槍射穿自己的頭，應該會想讓大眾知道自己引發事件的原因，他可能會為此留下遺書之類的東西。」

「……不，現階段還找不到類似的物品。」

金本不禁神情苦澀。

「雖然這只是我的直覺，但我認為那個小丑男應該沒打算自殺。那傢伙應該也不打算殺死院長他們，而是想帶著所有證據向警察自首。所以我實在很難相信那個小丑會殺了院長等人再自殺。」

「……他或許一開始是不打算殺他們，但也能這麼解釋：他因為手槍被奪太過慌張，不慎槍殺田所等人，回神之後無法承受良心譴責，才開槍射穿自己的頭部。宮田不是容易情緒激動，甚至輕易就會陷入恐慌狀態嗎？」

金本聽完秀悟的假設，搔著頭這麼回答。

「確實也有這個可能……」

秀悟游移不決地低語。金本雙手合十拍一拍手。

「總而言之，藉由目前為止獲得的證據，警察內部已經判定宮田是射殺田所和東野之後自殺。至於佐佐木的命案，現階段還不清楚凶手究竟是田所還是宮田，這就有待日後調查清楚了。」

「……所以這次的案件，警方內部認為已經破案了嗎？」

秀悟的低喃之中滿是濃濃的譏諷。

「是，已經破案了……除了醫生的其中一部分證詞以外。」

金本意味深長地答道。

「所以你們就想把那些證詞當作是我撞到頭產生幻覺，硬要結束這個案子。」

「不，也不能這麼說。但是醫生您一個晚上不就昏迷了兩次？記憶總是有可能錯亂呀。」

「我當天晚上的確是昏迷了兩次，也可能喪失些許記憶。但不能只因為這樣，就認定我腦中關於她的記憶全是錯覺啊！」

秀悟堅決反駁。金本見狀，不禁面有難色。

「即使您這麼說……我們已經徹頭徹尾地搜索過整間醫院，還是完全找不到那名叫做『川崎愛美』的女子呀。」

「愛美、川崎愛美平安無事嗎!?」

昨天，刑警前往秀悟所在的醫院聽取證詞時，秀悟心急如焚地逼問刑警。但是刑警卻露出莫名其妙的表情，回問：「那是誰？」

不論秀悟如何極力描述愛美的事，刑警們異口同聲，一再重複表示院內找不到這名女子。而且破案後過了整整兩天，警方仍未發現川崎愛美的蹤影。

「刑警先生，我觸動滅火裝置的時候，要她直接逃到醫院外頭。她有沒有可能是趁警方不注意的時候逃出醫院了？」

房內的氣氛逐漸凝重。秀悟這麼一問，金本刻意地大嘆一口氣。

「速水醫生，我已經跟您解釋過很多次了。前天早上，可是有總計數十名警官隊，以及一大群如鬣狗般嗜血的媒體記者，所有人團團包圍住整間醫院。她要是當時逃出醫院，一定有人會注意到的。更何況，就如同我剛才的說明，警方在案件落幕之後就嚴密監控醫院的人員進出，也仔細調查過醫院的每一個角落，還是找不到速水醫生口中的那名女子啊。」

金本的語氣隱隱透露不耐。秀悟聽著金本的解釋，閉上雙眼回憶起腦中的一切。愛美的笑容隨即重現在眼瞼之內。

如同絹絲的秀髮、柔軟溫熱的雙頰、隱隱散發的薔薇香氣，一切的一切是那樣的鮮明。

愛美是幻覺？是我的腦袋創造出來的妄想？絕對不可能！

「那名小丑搶了超商之後，的確綁架了一名女子吧。新聞報導也有提到這件事，那名女子就是愛美。這件新聞證明愛美曾經待在醫院裡呀！」

秀悟睜大雙眼怒吼道。金本皺起臉，彷彿被踩到痛腳。

「……我們認為那情報可能是誤報。」

「誤報!?有什麼根據？」

「搶劫犯綁架女姓民眾的情報，通報者是匿名。對方是藉由公共電話通報，而警方一詢問通報人身分，對方就掛掉電話了。由於以上理由，搜查本部認為或許是某人看到新聞出現超商搶匪之後，惡作劇謊報假資訊。」

金本急促地說道。

「怎麼可能！這根本是強詞奪理！」

秀悟咆哮大怒。然而金本卻嚴肅地直盯著秀悟。

「這或許是強詞奪理，但也是無可奈何之舉。我們完全找不到醫生證詞中的那名女性，還是說現場真的曾經出現過那名女性，但是當特種部隊破門而入的時候，她就像煙霧一樣消失了？」

金本不耐煩地搖搖頭。雙方不論如何討論，終究只是兩條平行線。秀悟拚命運轉腦袋。

愛美到底去了哪裡？為什麼警方會找不到她？

「病患……」

秀悟悄聲低喃。金本仍舊神情嚴峻地望著秀悟，問道：「您說什麼？」

「是病患。當時有人用鐵絲卡死一樓後門，愛美有可能是解不開鐵絲，沒辦法從後門呼救，認為裝成病患的樣子比較安全，才搭電梯到三樓或四樓，躲進空病床裡。」

秀悟猛地抬起頭，但是金本的態度依舊冷淡。

「您的意思是，那位川崎愛美小姐現在還裝成病患嗎？警察都已經鎮壓整間醫院，保障院內安全了，她還不敢現身？這未免太奇怪了。」

對方的論點相當正確，秀悟啞口無言。

「更何況，警方早已考慮到宮田的同夥會偽裝成病患躲在院內，因此前天是在院內醫療人員的陪同之下，一一確認過總計六十五名病患的安全與身分。結果並沒有多出任何病患，也沒發現陌生人替換了別的病患。」

金本的語氣相當肯定，秀悟咬緊下脣。

「唉，雖說警方確認病患身分並不難，但事後病患們的安置手續可是大工程呀。畢竟院內發生那種大案子，醫院唯一一名專任醫師——院長也去世了。」

「病患們後來怎麼樣了？」

秀悟這麼一問，金本便誇張地揉了揉自己的肩膀。

「我們與各個機構合作尋找願意收容病患的醫院，再以救護車將已經決定去處的病患運送到目的地。不過病患多達六十人以上，現場又非常混亂，過程實在很辛苦呢。

啊，好像變成我在抱怨了，不好意思。總而言之，那名川崎愛美的女性是不可能裝成病患的。」

秀悟低下頭。雖說這理所當然，但警察早就事先查過任何自己能想到的疑點。他的腦細胞已經連續運轉數小時，早已接近極限。

「速水醫生，您還好吧？」

秀悟聽見金本出聲關心，緩緩搖搖頭。金本輕輕揚起嘴角，視線落在手錶上。

「已經過下午五點啦……醫生看起來也相當疲憊了，總之今天先到此為止吧。」

「非常感謝你的體諒。」

秀悟虛弱地說道。

「那您今天可以先回去了。不過，不好意思，假如我們還需要詢問您一些狀況，還會再另外聯絡您。醫生您也是，您如果想起更多線索的話，不論何時儘管聯絡我們。」

金本親切地說完，站起身打開房門。秀悟也站起身，踩著沉重的步伐正要通過房門。此時金本忽然低聲說一句：「啊，對了。」

「怎麼了？還有什麼事？」

「田所不是交給宮田一個裝著三千萬日圓的手提包？警方現在還找不到那個手提包。或許是宮田藏在某個角落了。不過也罷，今後的搜索應該會有個結果的。不小心說太多題外話了，不好意思。」

金本彬彬有禮地對秀悟致意。秀悟側眼瞥過金木，走出房間。他的身體異常沉重，彷彿全身血液都替換成了水銀。

秀悟停下腳步，轉身看向背後。警署就在前方三百公尺處，他剛才就在裡頭接受訊問。

接下來該做什麼？秀悟仰望著警署，再次緩慢地邁出步伐。不知為何，腳下軟綿綿的，柏油人行道走起來彷彿棉花糖鋪成的道路。

「妳到底去哪了……」

秀悟緊咬的牙關之間擠出隱隱顫抖的低喃。

他僅僅和愛美共度一個晚上，卻如此眷戀她的一切。愛美出現在那絕境之中，與他相遇，然後如同幻影般消失無蹤。她現在究竟在哪裡？是否平安無事？

他想見愛美。不，見不到她也罷，他只想知道愛美是否安然無恙。

秀悟邁出不踏實的步伐向前走，便見到人行道的起點有一個白線圍起來的吸菸區。秀悟被吸引般地走進吸菸區。攝取尼古丁或許能讓一頭霧水的頭腦清晰一些。

秀悟從外套口袋中取出香菸盒與拋棄式打火機。

秀悟叼起香菸，正要在香菸前端點火，此時口袋中的智慧型手機開始震動。

「這種時候會是誰呀……」

秀悟叼著香菸取出智慧型手機。液晶螢幕顯示著「小堺學長」，秀悟眉頭一皺。這次都是因為去代小堺的班，才會莫名捲入這個案子。雖說責任不在小堺身上，秀悟對他還是感到五味雜陳。

秀悟用空下的手拿起香菸，碰了碰「通話」鍵。

「小堺學長，你好。」

「喔喔、速水，你現在有空嗎？田所醫院那件事好像搞得你有點慘啊。」

電話中傳來粗糙沙啞的嗓音。秀悟下意識將智慧型手機稍微拿離臉旁。

「是啊，是很慘。」

「抱歉呀，我不應該拜託你代班的。你今天不來醫院了嗎？」

「我聯絡過部長，我受了傷，還要接受警察偵訊，就先請了三天假。剛才正好結束偵訊。」

秀悟半是諷刺地大嘆一口氣。

「啊、是嗎？呃嗯、速水……你和警察說了些什麼呀？」

「欸？當然是跟案件有關的證詞……」

他不太懂小堺為什麼會這麼問。

「也是，當然是那件事。嗯，那個，警察有問起我的事嗎？」

「嗄？警察沒問。為什麼要問學長的事？」

「是嗎？哎呀，畢竟原本是我當班，該怎麼說……或許要負點責任。算了，沒有就好。」

「喔……」秀悟聽見小堺不知所云的解釋，只能含糊地回答。

「那就這樣啦。我會再聯絡你的，你好好休息啊。」

小堺留下這句話後，便掛斷電話，徒留空蕩蕩的電子音。秀悟望著智慧型手機，一臉疑惑。

秀悟不明所以地將智慧型手機收回口袋，再次叼起香菸，點燃菸頭，深深吸入一口。煙霧漸漸充滿肺部。尼古丁溶入血液中，隨著血液流動滲進腦中。毛躁的神經稍微平穩下來。尼古丁已經快變成自己的鎮定劑了。秀悟隱隱對自己感到自我厭惡，回想起自己與金本的對話。

香菸大概燃燒到一半時，秀悟忽然感受到些微不快，皺起臉。彷彿有蟲子爬過大腦表面，這究竟是什麼？

秀悟輕按頭部，尋找不快的來源。他與金本的對話似乎有哪邊不對勁。到底是什麼？是哪邊古怪？

秀悟拚命回溯著記憶，下一秒，腦中靈光一閃。秀悟的身體彷彿被電擊棒集中似的，猛地僵住。短小的菸蒂從口中落下。

「……六十五名？」

半開的口中繼香菸之後，緩緩落下嘶啞的低語。

六十五名，金本的確說了：「確認過總計六十五名病患。」田所醫院的三樓與四樓各有八間四人病房，也就是說院內足以收容六十四名住院病患。加上那名住在五樓祕密病房的男孩，就是六十五名。但還是很古怪。

四樓最深處的病房有一床是空著的。我用了空病床的床單藏起佐佐木的遺體。但是金本卻說總共有六十五名病患，他等於是說田所醫院滿床了。

是金本弄錯了？他只是不小心說錯了人數？當然也有這個可能，但假如他沒有弄錯……

愛美果然是躲在那一床空病床裡，假裝成病患？所以警方才找不到她？但是金本說是在院內人員的陪同下一一確認病患的身分。

秀悟仰天望向早已日落的天空。只有一個解釋符合一切的脈絡。這個假設實在太過異想天開，但除此之外無法說明這一切。

愛美不是假裝成病患。

「愛美……原本就是田所醫院的病患？」

秀悟低語道，閉上了雙眼。腦細胞快速處理腦中的資訊。假如愛美就是那間醫院的病患，她就不可能是被小丑綁架後抓進醫院。那麼愛美和小丑為何要說謊？

秀悟不斷思索。合理的答案只有一個，但這個答案太過絕望。秀悟以雙手覆住臉。

「愛美……就是共犯……」

口中的呻吟飽含絕望，消逝在冬季的冷風中。

假設愛美就是小丑的共犯，的確能解釋各種疑點。小丑是因為愛美通風報信，才會對一行人的行動瞭若指掌。甚至是在愛美手術結束後沒多久，田所正要從背後偷襲小丑，當時小丑彷彿身後長了眼似的，準確察覺身後的攻擊。愛美可能是當時察覺田所的行動，以眼神暗示小丑。

下一秒，秀悟察覺令他畏懼的真相，渾身僵硬。

他有一件事一直無法理解。那一晚，小丑為何會強行將愛美從透析室帶到一樓去？如果小丑真的想為情人復仇才闖進醫院，這個行動完全不合邏輯。但假如宮田與愛美是同夥，一切就合理了。因為狀況生變，他們要避開人質的耳目處理突發狀況。

而這個突發狀況會是什麼？答案很簡單，就是佐佐木。

愛美被帶到一樓前不久，佐佐木對愛美說了些悄悄話。愛美當時提到，佐佐木是提醒她「小心院長」、「還有一個人」，但其實愛美說了謊。

佐佐木一定是這麼說的：「妳應該是這間醫院的住院病患吧？」

「女人只要化了妝，就能變成另一個人呢。」

耳邊再次響起愛美愉快的台詞。愛美化著相當濃厚的妝容，她卸妝後看起來一定像是另一個人。事實上，田所和東野直到最後都沒發覺她是院內的住院病患。然而佐佐木卻不小心發現了，還跑去四樓最深處的病房確認。那裡就是愛美的病房。

愛美察覺佐佐木的行動，便以「去廁所」為由聯絡宮田。她假裝被宮田抓走，實際上卻和他一起下樓，再搭乘電梯前往四樓……

以小刀刺殺了佐佐木。

「哈哈……哈哈哈哈……」

秀悟的喉嚨洩漏絲絲乾笑。

我當時拚命想救出愛美，甚至做好被槍擊的覺悟。愛美卻欺騙了我，背地裡拿刀刺殺佐佐木。我當時以為自己在與小丑對峙，真正可笑的小丑卻是我自己嗎？太諷刺了。

秀悟回想起小丑聽聞佐佐木遭到殺害時的反應。小丑當時看起來確實很吃驚。這個名為宮田的男人不知道愛美殺了佐佐木。他可能以為愛美只是回到自己的病房，想辦法敷衍來確認病房的佐佐木。

沒錯，宮田並不打算殺任何人。那個男人最初得知的計畫內容可能會是：

他帶著愛美闖進醫院，愛美會告訴他人質們的行動，他則是同時找尋「祕密手術」的資料。然而另一方面，愛美裝成人質潛入一行人之中，一邊觀察田所等人的舉動，監視田所以免他帶走資料。當他們發現資料、或是時間不夠的時候就通知警察，對聚集而來的大量媒體公布田所醫院的犯行。

不過，這個計畫只有最後的內容不一樣。愛美一開始就打算殺死田所一行人……包括宮田。

秀悟撞飛田所手上的手槍之後，究竟發生什麼事？思考到這裡，這個答案自然可想而知。愛美混進粉塵之中，先是從裙子口袋取出事先藏好的小型電擊棒，以電擊棒制伏秀悟的行動。接著她撿起手槍，以手槍射殺田所與東野。那把電擊棒應該是愛美和宮田前往一樓的時候，宮田連同小刀一起交給她。而宮田當時因為預料之外的狀況傻在原地，愛美就趁機靠近他，將槍口壓在宮田的太陽穴，扣下了扳機。

愛美將手槍放在宮田的遺體附近，偽裝成是自殺。之後便帶著裝有三千萬日圓的手提包奔上樓梯，回到自己位於四樓最深處的病房，卸掉妝容，恢復病患的身分。

一陣劇烈的暈眩襲來，秀悟當場跪倒在地。他產生錯覺，自己像是被丟進無重力空間，平衡感不翼而飛，分不清前後左右。

某種熱燙的物體突然從胃袋湧向食道。秀悟彎起身軀不停嘔吐。他出院之後毫無食慾，幾乎沒吃東西，口中只溢出黏稠的胃液。近似於痛楚般的苦味擴散在口腔的每一個角落。

秀悟吐出胃中所有的東西，仍然止不住噁心。秀悟不斷乾嘔著。一名路過的年輕女子露出看餿水的眼神盯著秀悟，接著快步離去。

「不對、不對、不對、不對、不對不對不對不對……」

秀悟的胸口彷彿腐爛了似的，他忍著噁心，如同壞掉的卡式錄音機，不斷低喃。

愛美不可能是犯人。這莫名其妙的狀況使得腦髓混亂，大腦擅自創造出愚蠢的妄想，就只是如此。

有沒有、還有沒有線索能否定剛才的假設？秀悟雙手猛抓頭部。指尖撕裂頭皮，刺痛一掠而過。這股痛楚稍微冷卻沸騰的腦漿。

周遭的人們對秀悟投去怪異的眼神。秀悟毫不在意，蜷縮在原地。

就算愛美真的是醫院的病患，還是有幾個說不通的疑點。首先，秀悟不懂愛美有何動機幫助宮田復仇。沒錯，宮田的動機是情人——佐倉江美子遭到殺害，但是秀悟不認為愛美會如此憎恨田所等人。

更何況，假設愛美就是共犯，她一定會把各式各樣的證據藏在自己病房的床頭櫃裡。化妝品、沾有血液及滅火劑的衣物、卸妝液，以及搶走的三千萬日圓。她要是放著不管，警方總有一天會發現這些東西。院內因為需要運送大量病患前往其他醫院，現場陷入一團混亂，但頂多只有昨天和今天。她即使帶著這些物品逃亡，院內仍然留有住院病患的資訊，警方肯定會循著這些紀錄逮捕她。

「啊！」秀悟抬起頭。

他想起一件決定性的事實——宮田開槍射傷了愛美。假設兩人是共犯，他們根本不需要這麼做。

沒錯，愛美才不是殺人犯。這全都是我的幻想。他們要是共犯，根本沒必要在左上腹留下那麼大的傷口……

秀悟一想到這裡，思緒頓時凝結，腳下彷彿隨之崩塌。

「手術疤痕……」

秀悟望著逐漸落入黑暗的夜空，悄聲呢喃。

他明白了一切，所有線索全都連結在一起。

但是最後的事實未免太過殘酷了……

秀悟仰頭朝天，描繪腦中組合而成的真相。內心不可思議地平靜。

那一晚小丑闖入之前，待在值班室內的秀悟曾經聽見槍聲。他一直以為那一槍是用來破壞後門，但宮田是田所醫院的員工，他知道電子鎖的密碼，根本不需要特地開槍破壞後門。

宮田當時是朝著什麼開槍？

……是愛美。愛美當時悄悄溜出醫院，而宮田正是朝著愛美的腹部開槍。

秀悟回想起愛美腹部的傷口。槍傷在左上腹，是一條斜行的傷口。他要是早點發現傷口的意義，或許能更早察覺這件案子的真相。後悔一點一滴侵蝕秀悟的內心。

愛美是為了消除腹部的傷疤……才自願在醫院後方讓宮田開槍射擊腹部。

現在仔細一想，愛美身上的槍傷跟摘除腎臟的手術疤痕，兩者位置正好相同。那間醫院裡進行的「祕密手術」，愛美也是那項手術的犧牲者之一。而她讓宮田沿著傷疤開槍，避免造成致命傷，小心翼翼地除去了手術疤痕。

假如愛美受到槍擊後經過一定時間才抵達醫院，她的體能狀態未免太過良好。她一定是中彈之後沒多久就闖進醫院讓秀悟治療，才將出血量控制到最低。

愛美藉著中槍這件事能獲得兩項好處：一種是偽裝成遭到挾持的可憐被害者，將這個印象深植眾人心中；二是除去猙獰的手術傷疤。

而實際上，秀悟確實動用自己所有的技術，盡可能漂亮地縫合那道槍傷。數週之後，那道傷疤將會逐漸癒合，不仔細看絕對看不出殘留的疤痕。

田所等人是特地挑選幾乎徹底失去意識，或是病情同等標準的病患來摘取器官。但是愛美的意識相當清晰，由此能導出一個結論。

那一晚，當秀悟得知「祕密手術」的真相時，田所提到的那名「術後恢復意識的病患」，就是愛美。

田所當時提到，那名恢復意識的病患仍然留有失憶的後遺症，所以對方相信田所等人的說詞，以為腹部的傷口是原本就留下的。但事實並非如此。

愛美確實恢復記憶了，只是不知道她是恢復意識之後馬上、還是經過一段時間才取回記憶。同時，她也得知田所等人偷走自己的內臟。田所等人可能以為愛美的意識還沒完全清醒，所以其中有人不小心說溜嘴。

愛美得知自己身上的遭遇後，誓言報復那群玩弄自己身軀的傢伙，開始擬定整個復仇計畫。愛美首先決定拉攏同夥，她選中了宮田勝仁。宮田是田所醫院的物理治療師，他在為恢復意識的愛美進行復健的時候，應該會頻繁接觸她的身軀。愛美以自身為武器，善用美貌與易於吸引男性的氣質，攻陷了宮田。

秀悟緊咬著牙根。

一切全都是謊言。她受到的槍傷、勾起他人保護欲的不安神情、煽動情慾的櫻花色雙頰、圓潤的雙眸，以及妖豔溼潤的雙脣。這些全都是誘餌，用來將我操縱於手掌心中。

狂暴的憤怒灼燒著秀悟的心頭，同時他又回想起與愛美的那一吻，雙脣的觸感隱隱重現，妖嬈地挑撥他的本能。

秀悟跪坐在原地，握緊雙拳狠狠砸向柏油路面。麻痺般的痛楚沿著雙手直衝腦門，除去了那甜美的記憶。

秀悟將體內的熱度溶於氣息之中，細細吐出。停滯的思考再次開始加速運轉。

宮田不擅於面對女性，他一定徹底成為愛美的奴隸。沒錯，宮田口中的「情人」絕非佐倉江美子。

愛美才是宮田的「情人」。

自己的記憶之中存有相符的線索。當時自己奔下一樓，打算救出被帶走的愛美，並隔著鐵柵欄與小丑對峙。小丑看著我為了愛美拚命的模樣，態度似乎相當煩躁。當時我以為小丑的不悅是因為自己妨礙小丑襲擊愛美，但其實根本沒這回事。那個男人只是嫉妒我而已。

於是宮田奉獻自己的一切來協助愛美復仇。宮田或許以為自己化身成英雄，為了情人不畏生死，將醜陋的真相暴露在大眾眼前。但事實上，他不過是顆棄子。

宮田看著愛美槍殺田所兩人之後，將槍口壓在自己的太陽穴，他究竟有什麼樣的想法？

秀悟不禁對宮田感到一陣憐憫。

「川崎……愛美……」

秀悟幾乎沒有動嘴脣，唸出了這個名字。這名字早已毫無意義，「川崎愛美」已經不存在了，她跟著三千萬日圓一起消失無蹤。

一股空虛襲上秀悟的心頭，胸口彷彿被挖出一個大洞。但此時，他察覺了某件事，無力地乾笑數聲。

「啊，原來……妳早就給過我提示了。」

秀悟臉上掛著令人不忍的自虐笑容，想起七本病歷表中的某個名字。

〈川崎13〉

發現地為川崎，第十三位身分不明的住院病患。

「我叫做愛美，漢字是愛人的愛，美麗的美。」

愛美在自我介紹時，是這麼自稱的。

「13」……「I 3」……「ai mi」……「愛美」（註12）

這個假名或許是她的小幽默。

當時是愛美從「新宿11」的病歷表中，找出那張接受過「祕密手術」的病患清單。但愛美可能只是將藏在手中的清單夾進病歷表，然後假裝在病歷表裡發現紙條。愛美為什麼要將自己的病歷表列在清單之中？她有自信這麼做不會被看穿？還是認為至少要給一點提示才算公平？如今秀悟已經無從得知答案。

我或許該感謝愛美。秀悟仰望著明月高掛的夜空。

特種部隊破門之前，她原本可以直接射殺無法動彈的我，但是她並沒有動手。她讓我活下去，可能會提高她身分曝光的風險。

她放過我，是想讓我為田所醫院的惡行作證？還是說她在與我相處的這短短數小

註12　日文中的「愛美」讀音為AIMI，英文字「I」音同AI，數字「3」日文訓讀則是MI。

時，在這段虛假的關係之中，無意間催生出些許真正的情感？

她的計畫幾乎完美無缺。而在她精心策劃的種種之中，卻突然出現一名代班的值班醫師，也就是我。我對她來說等同於不確定要素，原本她應該……

秀悟一想到這裡，仰望夜空的雙眼突然瞪大，眼角甚至要撕裂開來。全身竄過一陣雞皮疙瘩。

假設一切都按照愛美原本的計畫，那她要怎麼處置原本的值班醫師──小堺？

秀悟從口袋掏出智慧型手機，望著手機螢幕。小堺剛才打電話來的時候，態度相當詭異。

「醫生不夠……」

秀悟的獨白緩緩融入冰冷的空氣中。

為什麼他至今都沒發覺？只靠田所一個人根本不可能進行「祕密手術」。活體腎臟移植在移植手術當中算是較為容易的手術。但即使如此，這項手術絕不可能只靠一名醫師單獨進行，至少還需要另一名醫師協助。

是小堺，是他協助田所進行「祕密手術」。小堺長年擔任泌尿科醫師，累積多年經驗，不只是腎臟切除術，他也有過腎臟移植的經驗。

小堺原本也會和田所等人一起在那一天喪命。

她會放棄殺死小堺嗎……不可能。那群人撕裂她的身體，偷走她的內臟，她絕不會放過任何一個人。

秀悟打開智慧型手機的通話紀錄，點選最上方的號碼，果斷撥出。呼叫鈴響了數次，仍未接通。胸口漸漸充斥不祥的預感。

秀悟將智慧型手機塞進口袋，使勁蹬地。他的工作地點——調布第一綜合醫院距離這裡不到四公里，只要跑個二十分鐘就能抵達。

秀悟感受頰上的冰冷，不斷奔跑。

那名不知真名的女子正在他的腦中，靜靜綻放著天真無邪的笑容。

終章

成群的上班族即將從車站踏上歸途，秀悟穿梭在上班族形成的人形波浪之中，奔向車站對面的目的地。他往前一看，前方一百公尺左右出現一棟八層樓高的巨大建築物。這裡就是秀悟的工作地點——調布第一綜合醫院。

還差一點，只差一點了。秀悟原本就有些運動不足，長時間奔跑使得全身開始抗議。肺部刺痛，雙腳彷彿銬上枷鎖似的，沉重不已。心跳加速到極限，心臟從體內不斷敲打著胸骨。

秀悟的雙腳彷彿隨時都會罷工，但他還是催促著雙腳，從大道往右轉。下一秒，秀悟停下腳步。因為他看到前方數十公尺左右，有十台以上的警車團團包圍住醫院。

秀悟氣喘如牛，拚命地攝取氧氣，並且搖搖晃晃地走向醫院。

數十名路人站在警方拉起的封鎖線外，形成數道人牆。其中大多都是身著西裝的上班族。

秀悟努力撥開圍觀的群眾，抵達封鎖線外。

「不好意思，除了相關人員以外禁止進入。」

秀悟正想跨越封鎖線，一名身著制服的警察阻止了他。秀悟急忙從臀後口袋取出錢包，將錢包內的員工證出示給警察。

「我是在這間醫院工作的醫師，我負責的病患病情惡化，院方緊急呼叫我回醫院。請讓我進去！」

「啊，不好意思，請進。」

警察趕緊抬起封鎖線。秀悟側眼看一看警察，快步走進醫院。

秀悟通過自動門後便定在原地。一樓的外來病患專用區裡聚集了大量警官，以及穿著藍色制服的人們，看起來應該是鑑識人員。

秀悟茫然地站在原地，接著立刻發覺認識的年輕護士身著便服，正要經過旁邊。

「那、那個……」

「啊、速水醫師，您好。」

護士發現了秀悟，微微收起下巴，彎身行禮。

「為什麼這裡會有這麼多警察？妳知道是怎麼一回事嗎？」

秀悟盡可能保持語調平穩，開口問道。

「咦？速水醫師不知道嗎？剛剛明明鬧得那麼凶呢。」

「我今天請假，不久前我負責的病患病情惡化，才把我叫了回來。」

「啊，原來如此。剛才發生大事了，泌尿科的小堺醫師被人捅了一刀。三、四十分鐘前有人發現他胸前插著刀，倒在外來病患專用區的角落，當時有人試著對他施行心肺復甦術……不過還是來不及。」

秀悟彷彿聽見臉色一口氣刷白的聲音。雙腳瞬間一軟，但他仍然咬緊牙關，勉強站立在原地。

「原來如此……那還真是……大事一樁呀。」秀悟拚命從喉嚨擠出聲音。

「速水醫師，您沒事吧？您的臉色發青啊……」

「沒事……我沒關係。」

秀悟虛弱地低聲回答。護理師狐疑地望著秀悟，然後快步離開醫院。她或許是想盡快離開凶殺案現場。

……還是遲了一步。秀悟腳步踉蹌，有如醉漢似地走出醫院。他低著頭走出封鎖線，混在圍觀群眾中慢慢前進。

我還是阻止不了她。秀悟勉強穿越圍觀的人牆，靠在電線杆上。自己的雙腳早已無法支撐全身重量。他背靠著電線杆，緩緩滑落地面。秀悟雙手抱腿，當場坐在地面，縮起身軀。快步踏上歸途的人群們在他眼前一一經過。

一切都結束了嗎？啊、話說回來金本好像提到，活頁夾裡的資料消失了一部分。她或許是為了讓奪走移植自己器官的對象付出代價，便只奪走了那個人的資料。

即使她想繼續復仇，我仍然無可奈何。

我……已經見不到她了。

忽然間，秀悟隱約聽見有誰叫了自己。那嗓音既柔和，又妖嬈地撥弄心弦。他在數十小時之前，一次又一次地聽見這道嗓音。

「愛美!?」

秀悟猛然站起身，瞪大雙眼探看四周。大約在前方十公尺處，西裝筆挺的上班族浪潮之中，能見到一道包裹在大衣中的纖細背影。

她的秀髮整齊地剪到及肩，染成了茶色。但是秀悟仍然堅信是她。

「愛美！」

秀悟嘶聲力竭地大喊。周遭的人們對秀悟投去訝異的眼神，但是他毫不在意。

她一瞬間頓了頓，再次邁出步伐。她悠然地走著，彷彿在等著秀悟追上她。

秀悟打算追上她。但是他才剛抬起腳，又緩緩地放了下來。

秀悟佇立在原地，靜靜地目送嬌小的背影消失在人潮之中。

冰冷的夜風奪走了身軀，以及心靈的溫度。

薔薇的香氣乘著微風，緩緩掠過鼻尖。

逆思流

暗黑醫院：消失的病患

（原名：仮面病棟）

作　者／知念實希人
譯　者／堤風
發行人／黃鎮隆
副總經理／陳君平
總編輯／洪琇菁
國際版權／黃令歡
責任編輯／曾鈺淳
美術編輯／方品舒
內文排版／謝青秀
企劃宣傳／邱小祐、劉宜蓉、吳姍
文字校對／陳孟彥
出版／城邦文化事業股份有限公司　尖端出版
台北市中山區民生東路二段一四一號十樓
電話：（〇二）二五〇〇－七六〇〇
傳真：（〇二）二五〇〇－二六八三
E-mail：7novels@mail2.spp.com.tw
發行／英屬蓋曼群島商家庭傳媒股份有限公司城邦分公司　尖端出版
台北市中山區民生東路二段一四一號十樓
電話：（〇二）二五〇〇－七六〇〇（代表號）
傳真：（〇二）二五〇〇－一九七九
中彰投以北經銷（含宜花東）／高見文化行銷股份有限公司
電話：〇八〇〇－〇五五－三六五
傳真：（〇二）二六六八－六二二〇
雲嘉經銷／威信圖書有限公司　嘉義公司
電話：（〇五）二三三－三八五二
傳真：（〇五）二三三－三八六三
客服專線：〇八〇〇－〇二八－〇二八
南部經銷／威信圖書有限公司　高雄公司
電話：（〇七）三七三－〇〇七九
傳真：（〇七）三七三－〇〇八七
香港經銷／城邦（香港）出版集團有限公司
香港灣仔駱克道一九三號東超商業中心1樓
電話：（八五二）二五〇八－六二三一
傳真：（八五二）二五七八－九三三七
E-mail：hkcite@biznetvigator.com
新馬經銷／大眾書局（新加坡）POPULAR（Singapore）
E-mail：feedback@popularworld.com
大眾書局（馬來西亞）POPULAR（Malaysia）
E-mail：popularmalaysia@popularworld.com
法律顧問／王子文律師　元禾法律事務所
台北市羅斯福路三段三十七號十五樓
二〇一七年四月一版一刷

■中文版■

郵購注意事項：
1.填妥劃撥單資料：帳號：50003021戶名：英屬蓋曼群島商家庭傳媒(股)公司城邦分公司。2.通信欄內註明訂購書名與冊數。3.劃撥金額低於500元，請加附掛號郵資50元。如劃撥日起 10～14日，仍未收到書時，請洽劃撥組。劃撥專線TEL：(03)312-4212 ・ FAX：(03)322-4621。E-mail：marketing@spp.com.tw

國家圖書館出版品預行編目資料

暗黑醫院：消失的病患 / 作者：知念 實希人 ;譯者：堤風
--1版.-- 臺北市 ： 尖端出版 ；家庭傳媒城邦分公司發行，
2017.04
面；　　公分
ISBN 978-957-10-7310-1(平裝)

861.57　　　　　　　　　　　　　　106002399